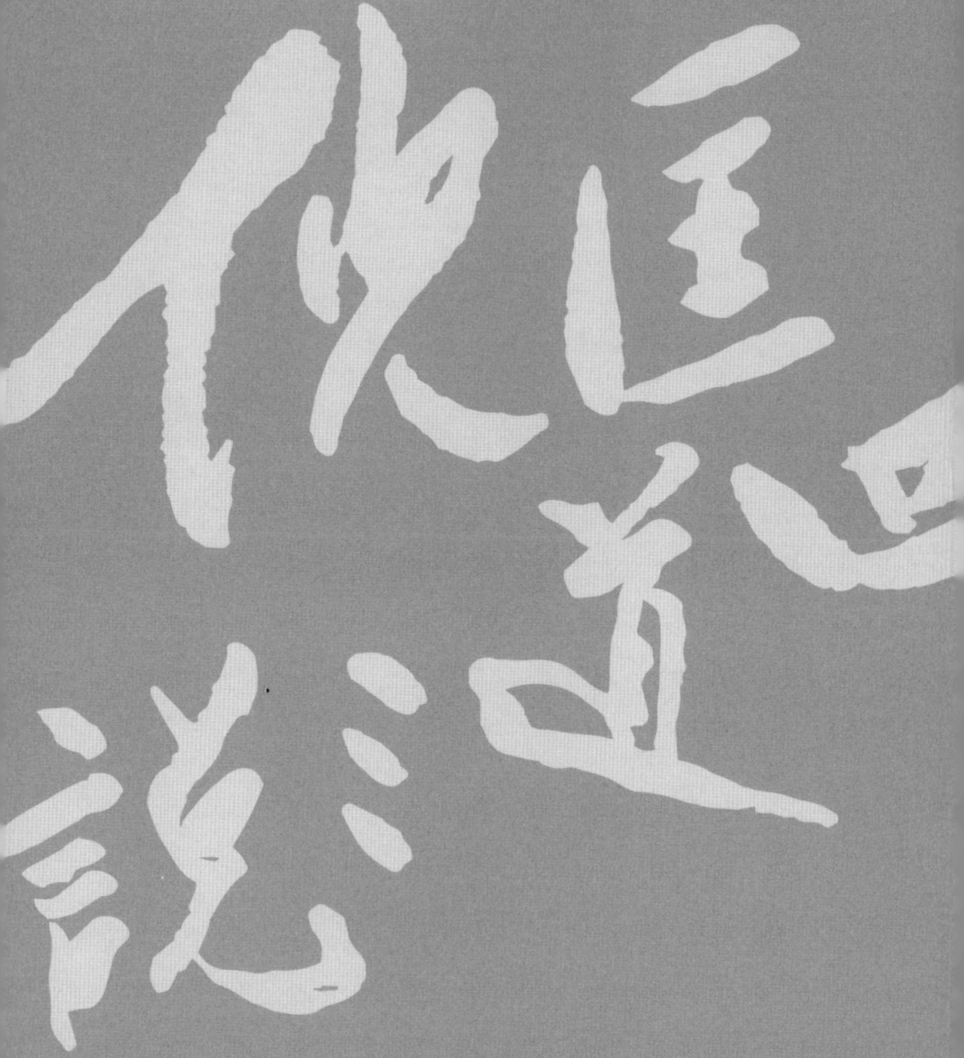

倪匡說三道四

心曲

倪 匡 經 典 散 文
精 選 集 3

新版序

一以貫之

出版社要為四本舊作散文出新版，照例要寫新序。自從寫作配額告罄以來，一聽到要寫什麼，立刻頭如斗大，苦惱不已，避之唯恐不及。但自己作品，說明一下，推無可推，只好硬上。

其實也真沒什麼好說的，都是陳年舊作，自己連再看一遍都不想，可說的好處是，文中所表達的觀點、立場、愛憎、喜怨，都一以貫之，無絲毫變更，讀友喜的仍會喜，不喜的當然依然不喜。這一點絕對可以保證，開卷前請留意，勿在事後埋怨。

是為序。

八六匕翁　蛟川倪匡　20210522　香港

自報名頭囉裏囉嗦一大串，大有金庸筆下「太岳四俠」之風，堪發一嘯。

序

檻內檻外都是情

倪匡

若干年之前，人屆中年，忽然開始撰寫了一批抒情文字，很怪。因為寫這類文字，大多數是青年，甚或是少年人的作為。中年，是人生的另一層次，沒有了青年那種噴發的激情，就算未曾看透世情，也應該已經進入了世情之內，不再在世情之外了。

或許，正由於如此，才和激情有差別，從另一層次來體會——層次無所謂高下，只是不同，從不同的層次，可以體會到不同的感情，這個層次的感情，直接而實在，風花雪月，都不同，但又都同是情。

現在，重看，當然人生又已進入了另一個境界：什麼都不必說了——默然無言，不也是情嗎？

〇六十二〇七 香港

檻內檻外都是情

若干年之前，人居中年，自己也開始撰寫了一批抒情文字，很怪。因為寫這類文字，大多數是青年，甚至是少年人的作為。中年，是人生的另一層次，沒有了青年的那種噴發的激情，就只會看透世情，也無疑已經進入了世情之內，不再在世情之外了。

或許，正由於如此，才知激情有差別，從另一層次去體會——層次並無所謂高下，只是不同，從不同的層次，可以體會到不同的感情，每個層次的感情，真摯而實在，風花雪月，都不同，但又都同是情。

現在，重看，竟然人生又已進入了另一個境界，什麼都不必說了——默然無言，不也是情嗎。

倪匡

二〇一六年十二月 書懷

序

為《倪匡說三道四》作序

蔡瀾

倪匡兄由三藩市回來了，掀起一陣倪匡熱潮，各大出版社紛紛重印他的舊作，《衛斯理××》賣個滿堂紅，當然又對他的散文打主意了。

我一向喜歡他老兄的散文多於小說，倪匡兄老早已踏入不必虛偽的境界，句句真言，看得非常過癮。

但散文集已成絕版，我在寫他的事蹟想找來做參考，亦難覓。向他老人家要，回答說沒有什麼好存的，連他也沒有，最後好在出現了一個有心人贈書，才能重讀。各位想看，也不必傷腦筋了。「明窗出版社」重新印製，編成系列，要我在新版上作序。出版《老友寫老友》時，倪匡兄自告奮勇為我寫序，現在輪到我了，互不相欠。

寫些什麼呢？只知他在科幻小說中甚少談及男女私情，這些遺漏都在散文中填補，但不易看出，唯在細讀，才感受其浪漫，這絕非年輕愛情小說作家書中所能描述。

散文中也充滿了人生哲學，像倪匡兄說到心痛，說那不是真痛，不去想，就不會痛了。真正的痛，是人家拿刀子在你身上捅了一下，才會痛。這種痛，把「必理痛」或「散利痛」藥丸當花生吃，即能醫好。除了哲理，還很幽默，讓人看了笑破肚皮。

書中其他妙語甚多，年輕人想出書賣錢，但說找不到題材寫，又寫不出，對這些人，我有個提議：不會寫就別寫了，乾脆花時間和功夫去記錄倪匡兄的言論，當成《倪匡金句》，出版商聽了一定大感興趣。

別人認為怪論，我聽了覺得一點也不怪。但衛道者絕不認同，說他是大作家，怎麼教壞孩子？這才是笑話，要是一兩篇散文有那麼大的影響，每天七八小時的教育制度，就徹底地失敗了。

「書只分兩種：好看的，和不好看的。」倪匡兄說。一點也不錯，他的散文真好看，我擔保。

目錄

第一輯 心曲

第二輯 性格

第三輯　怪行為

第四輯　自找

第五輯　胡思亂想

第一輯

心曲

心靈

無所避於天地之間

一位朋友來信，提及另一位已離開人間的朋友，有以下的句子：「很了解這樣的一種心靈，即使表面上再灑脫、豪放、風趣、慷慨，使得一座皆傾，我也能感覺到充其量這只是『讓別人的快樂建築在自己的痛苦上』而已。這是多麼寂寞、徬徨、無依、無奈的一個靈魂！渴望安定、歸依卻苦於無法找到棲身之處，無所容於天地之間，用種種方法逃避自己卻又感到無所逃於天地之間……」

唉，寫信的朋友是借已離塵世的朋友的痛苦來規勸的，看了那一段，才知道自己竟然被一字不差地說中了，痛苦的心靈，翻騰於血的花朵之上，那樣赤裸無依！

很多情形下，一些人認為小丑常作笑臉，其實內心痛苦，這話不通，小丑可以快樂，也可以不快樂，未必所有的小丑必然不快樂。

但是痛苦的心靈卻不同，必然是不快樂的，痛苦的心靈由於深知痛苦的痛苦，所以也不會把痛苦帶給別人，反而總把快樂帶給別人，那些在他人面前痛苦非凡的人，心靈上其實並不痛苦，至少，這種人認為痛苦可以通過同情、分擔而削弱。

但，真是不能！

更可怕

朝夕愁兼酒

痛苦的心靈不在人前表現痛苦，寂寞的心靈不在人前表現寂寞，快樂的心靈則是無可掩飾的，一定在人前表現快樂。

所以，單從表面上來看，同樣是三個在表現着快樂的人，絕難分辨得出哪一個是真快樂，哪兩個是假快樂，還是三個都是假快樂。

而且，痛苦愈深，愈是懂得如何掩飾自己，久而久之，甚至會樂名遠播，世事往往如此，「朝夕愁兼酒」，酒是看得見的，愁是無形的。

愁和酒，似乎很難分得開，何者是因，何者是果，十分難說得清楚。是愁了繼之以酒呢，還是酒後百愁叢生呢，只怕沒有人說得上來，反正就是糾纏不清的那麼一回事吧！

也都說愁可以殺人，更都說酒可以殺人，但只怕單是愁，殺不了人；單是酒，也殺不了人，若是兩者相加，合了「朝夕愁兼酒」這句話，那麼，其人就算還活着，也就和死一樣了。

不，不一樣，比死更可怕，因為他還活着！

生命規律

死亡並不可怕

世人皆怕死，甚至有「千古艱難唯一死」之句。想想，真沒有道理，因為人人都一定會死，這是絕無可改變的生命鐵律，也沒有任何人可以逃得過死亡這一關。世上可以絕對肯定的事不多，但這一點，是可以絕對又絕對肯定的。

既然是根本躲不過去的事，在明白了這一點之後，在知道了有這種鐵定不移的現象遲早會發生之後，還有什麼可怕的呢？怕也是這樣，不怕也是這樣，怕來作甚？有得活，就活得快快樂樂，死亡來了，就欣然接受，人人皆有一次的，遲早而已。

死了的享安寧，活着的受折騰。

死亡並不可怕，死者比起活人來，安寧了不知多少，什麼煩惱事，都到不了他的身上，就算他身上有萬千種煩惱事，他也撒手不管了，你把他怎麼樣，都沒有辦法把他弄活了再來面對那些煩惱，於是，一切折騰，都讓活人來承受。活人自然也有解脫的一天，那就是死了之後，這，也是生命規律。

氣溫

看不見摸不着但可以感覺得到

氣象報告：冷空氣要來了，氣溫會顯著下降。氣溫下降代表着寒冷。寒冷，甚至是可以致命的。但是寒冷是什麼呢？看不見，摸不着，甚至不是一種存在，沒有現象，只是感覺。

然而，寒冷，到了一定程度，是可以使人喪命的。

只不過是一種感覺，就有那麼大的力量，所以，絕不能輕視感覺。

感覺，有外來的和發自內心的，嚴寒和酷熱，以及其他等等，都是來自外界的感覺。來自外界的感覺，人類大多數可以設法抵禦，冷了生火，熱了生風，很少有因之致命的情形。

但是發自人類內心的感覺，卻幾乎是無可抵禦的，當一個人自內心的深處，感覺到了徹骨的寒冷之際，有什麼法子可以使他暖和起來呢？只怕沒有，而在無法抵禦的情形之下，因之連生命都被那種感覺奪去了的，也大有例子在。自然，被奪去了的，可能正是真正的生命，照樣會說會笑，會起會坐，會走會跳，但是一個心中一直充滿嚴寒感覺的人，在說在笑，在起在坐，在走在跳，他能算是一個完全的活人嗎？

小齋

廣廈又如何？

倪雲林題他自己的畫的詩中，有「小齋容膝度年華」之句，意念之落寞和無可奈何，逼人而來，讀了之後，只好長歎一聲。

倪瓚，大抵是歷史上姓倪的人之中最值得一提的人物了，他的一生，和一個「淡」字分不開，然而，心境再淡，也會發生這樣的感歎來：「在僅可容膝的小空間中，生命就這樣漸漸溜走了！」

生命逐步溜走，這是生命的鐵律，任何人都不能脫出這個鐵律之外，這本來就是一種無可奈何的惘然，在斗室中任由生命溜走是惘然，但即使是在廣廈之中又如何，還不是一樣惘然？

所以，自古以來，就有人提出，內在的空間才重要，那是無窮大，由得你思想所能想得的，皆屬於你生命上的領地。

聽起來，偉大得很，少年時，青年時，也頗曾為這種偉大的話而傾倒。但是年事漸長，知道這種偉大的話，大都是空話，空泛得不着邊際，自然也就只好實實在在，小齋容膝了。

寂寞

不記得是第幾次拿來做題目了

忽然又在稿紙上寫上「寂寞」兩個字。真的，真記不清是第幾次用它來作題目了。用寂寞為題，似乎可以寫出無數心思來，每個心思不同的時候，對寂寞就有了新的進一層的理解，就又可以寫下來。

曾在寂寞的時候感到過寂寞，曾在熱鬧的時候感到過寂寞，曾在又寂寞又熱鬧或不寂寞不熱鬧的時候，感到過寂寞——還可以有多少種「搭配」，可以悉隨尊便。

那天，有人對我說：「我現在不知怎樣，什麼都不想了，什麼都引不起快樂來（呷着酒，帶着笑容，淡淡的哀傷），以前，有了一些錢存進銀行去，很快樂一陣，和一個知心朋友，吃飯喝酒，唱歌跳舞，也能有相當的樂趣。和相愛的異性，擁抱接吻，熱戀做愛，當然更是快樂無比。可是現在，好像什麼都不快樂，什麼也不會主動去想，這……（神態迷惘，又喝酒，有點不明白，但好像又明白了。）唉，這算是什麼？」

呆了半晌，那算是什麼？只好算是寂寞吧！寂寞到了任何行為都驅不走的時候，那寂寞也就幾乎是永恆的了，就讓它存在着好了，何必驅走它？

花開花謝

都給你一定的感觸

花開，花謝。

開了的花，一定會謝，時間長短而已，不謝的花是假花，假花不是花，可以不論。

花榮，花枯。

花有榮枯，世上的一切事，一切物，也全有榮枯，一時盛放燦爛無比，一時又凋謝委靡脫落，沒有永久，在盛放的時間中，就是一輩子，花是這樣，物是這樣，人也是這樣。

會開花的植物，在條件合宜的情形下，都會開花，開花的目的，是為了延續下一代的生命，不論植物的生命有什麼目的，植物還是頑固地一代又一代延續下去，也不管開的花有沒有人欣賞，一代又一代，各種各樣的花，開在各種各樣的植物上。

植物開花，不論花朵多麼艷麗，本來決沒有要人讚賞的用意在，地球上生物，懂得欣賞花朵的美麗的，大抵只有人類，所以，人便在花的開放和凋謝之中，有了感觸，每一種花，都可以使人有一定的感觸。

看到了一大束已謝了的花，你想到了什麼？我想到了什麼？他又想到了什麼？

深秋艷陽

千變萬化的感受

在夏天，惱人的驕陽，一到了深秋，就有艷的感覺。在深秋的艷陽之下，不會再有人討厭那個大火球，陽光給人以適度的溫暖，絕不會令人流出又臭又膩的汗，而給人以秋天特有的氣味和舒暢。

不就是那個太陽嗎？生活在地球上的人，不可能有第二個太陽，但同是一個太陽，為什麼就有那麼巨大的分別，像是兩個太陽一樣？

太陽沒有變，來來去去都是那一個，變的，是人的感受，人的感受到舒暢，陽光就變得令人舒暢；人的感受感到了厭惡，陽光也就變得令人厭惡。

人的感受決定一切，在深秋，大家都會覺得陽光可愛；在炎夏，大家都會覺得陽光可怕。那只是一個不好的例子，事實上，人的感受千變萬化，絕沒有什麼共同點，就算是同一個人，感受也可以今天那樣，明天那樣，那是人的心緒的必然的活動形式，也正由於有這樣的活動形式，所以人的生活才多姿多彩。

要是對所有的事或人的感受，全部固定在一個不變的方式之中，設想一下，人生還像是人生嗎？

悲秋

早過了三之二

用「悲秋」這樣的題目來寫散文，真是「土」之極矣。但執筆時，正值夏盡秋來，風雨淒迷，也就想不出更好的題目來了。

「少年不識愁滋味」，那是真的。少年，就算真有什麼事，愁腸百結，又如何？過上十年八載，也還只是青年，前程遼闊，可以盡興所為，何悲之有？何愁之有？

但是人到中年，或中年之後，愁思一上來，就實在是可哀之極，那種「早過了三之二」的情懷，少年、青年無論如何體會不到，只覺得來日無多，拚命想抓住點什麼，但卻又抓不到什麼——想抓住的，其實是時間，不想時間那麼快溜過去，但是它最滑溜，應抓不住的，也就是時間，只好看着它飛快地溜過，無情地在身上留下老態。

在這種愁思之下，似乎一切努力都沒有用了，既然早過了三之二，剩下的一，還努力什麼呢？還是盡可能逍遙吧，可是偏偏又逍遙不起來。

於是，只好悲秋，

於是，只好獨釣一江秋，

於是，只好芭蕉葉上聽秋聲，

於是，只好天涼好個秋！

青春

真是好

有一段不是很喜歡的對話，是說一些年輕人在譏笑老年人，老年人回譏：「青春人人都有過，老年人都有過青春，可是年輕人未必會有老年。」話中有暗諷對方可能短命之意。

不喜歡這段對話，並不是因為它刻毒，而是覺得它歪纏，因為有沒有老年，並不影響青春是好這一點。青春就是比年老好，無法否定這一點，卻去歪纏一番，似是而非，十分令人討厭。

青春自然是好的，眼睛明亮，骨骼強壯，皮膚緊緻光滑，肌肉充滿彈性，笑聲嘹亮悅耳，喧嚷震耳欲聾，不知道什麼叫疲倦，渾忘卻人間有苦難；有悲傷，不會持久；有憂愁，轉眼就過；快樂充滿細胞，希望漲滿懷抱……現在想不出有什麼比青春更好的了，那是人的生命旅程之中，最燦爛光輝的一段，簡直不是走過來，而是滑過來，飛過來，跳過來的。

整個人生，猶如一聲嘆息，青春只是人生中的一段，自然更短，所以有許多有關青春的「金玉良言」，我沒有，我只說，青春真是好！

為誰忙

當然是為了自己

被人傳誦長久的一些句子，若是有隱喻之意在內的，很多時，就形成一種誤導，誤導的時間久了，就會形成一種觀念，這其實是一種相當可怕的現象。

忽然想起了這個問題，是因為忽然想起了「採得百花成蜜後，為誰辛苦為誰忙」這兩句。這兩句的下一句，連用了兩個「誰」字，頗有為採蜜的蜂不平之意。而實際上，蜜蜂採蜜，誰也不為，為的當然是自己。

蜜蜂採了蜜去哺育蜂后和幼蜂，使蜂的生命得以延續，所有生物，一生的目的，大抵類此，平平淡淡的一生如路邊的野草也好，多姿多彩如脊椎動物中最高級的人也好，生命的重要目的，就是使生命得以延續，上一代的生命結束了，下一代的生命延續下去，生命乃得不滅，蜜蜂採得百花成蜜後，為的是牠自己。蜂蜜被人攫來吃了，那是意外，絕非蜜蜂的本意。

生物活動的目的，都是為了自己的，自私是生物的天性，偉大的意念，自後天得來，和生物的天性爭鬥劇烈，至今為止，未有勝利迹象，反倒被別有用心者利用，成為生物為己天性的具體表現。

遭遇

千奇百怪，萬變不離其宗。

人的遭遇，千奇百怪，一百個人有一百樣不同的一生，一萬個人就有一萬種不同的一生，可以說沒有一個人是相同的。

可是，千變萬化的遭遇，其實極有規律，十分容易掌握，萬變不離其宗，有幾個原則，絕對可以肯定。

性格軟弱的，就一定被欺負，因為人人都在一生之中有被人欺負的機會，但是性格軟弱的人受了欺負不反抗，只知道逆來順受，只知道忍，自然久而久之，各種各樣的欺負，紛至沓來，這也怨不得人，只好怨自己。

無知的，必然容易受騙，知識程度低，無法在最低程度上判別是非黑白，那當然容易受騙，受了騙之後還不醒覺，被陷入騙局之中，自然也愈來愈深，到最後，只怕很難有幸福結局出現，神仙打救，作用也不大，有那麼多人等神仙打救，神仙必然是先救聰明人，救了之後，至少還懂得說一句謝謝，笨人是還要埋怨的。

貪心的，必然上當，所有令人上當的過程，都只不過引發人的貪念而已。

規律不算很多，只是變化多而已。

發瘋

不亦快哉

小說或電影之中，常有人受不了重壓（心理上）而陡然發瘋的，電影中看到的場面，大多數是忽然之間，哈哈大笑起來，小說中自然有各種不同角度的描寫，不在話下。可是在實際生活之中，還未曾見過有人被活生生逼瘋了的，反倒了逼得自殺了的例子很多——自殺者在把行動付諸實行之前的一剎間，是不是瘋了呢？也無從考查。

想像起來，由於壓力太重，突然被逼瘋，是十分戲劇化的一種事，突然間，一切壓力都不再存在，壓力是無形的，一切的壓力，其實都來自受壓力者本身的腦部活動，都由本身腦部活動產生，若是根本不將之放在心上，所有的壓力自然也不存在。

但是人很難做到這一點，無形的壓力，比毒蛇纏身還難擺脫，於是，被逼瘋，無疑是一剎間最直接的解脫，發瘋的過程，其實就是腦部活動的程序和方法忽然改變的一種過程，於生命絕無妨礙，只是所有壓力，在剎那間一掃而空，不亦快哉！

所以，被逼瘋了，情形不算壞，壞的是，壓力愈來愈甚，搶地呼天，而腦部活動的方式，硬是不肯改變，那才是最壞的情形。

滿足

不知如何解釋

從男性的立場來看，女性，容易滿足起來，實在太容易滿足；而不容易滿足起來，又實在太不容易滿足，似乎全然沒有規律可循，也因人而異，閣下若有幸遇到的，是容易滿足的女性，那真是三生修來的好福氣；若是不幸，遇上的是不容易滿足的女性，那自然要好好想一想，前一輩子，多半是江洋大盜，採花巨賊。

而奇怪得很，世事，硬是沒有什麼道理可講。容易滿足的女性，偏偏命途多舛，很多連最基本的要求都得不到滿足，而在旁觀者看來，幾乎是不可能生存下去的條件下掙扎求存，所要求的，也無非是最低的生存條件而已；而不容易滿足的那些，卻有了還需多，貪心程度，十分驚人，雖然永不滿足，但也經常可以得到她們所要的，遠超過她們生存的所需。

為什麼會有這種情形出現呢？是不是這種事，告訴女人，不要那麼容易滿足，反倒會更好呢？既然不得而知，於是，只好歸咎於命運，容易滿足的人，在命運之前，也是容易滿足的，嘆一聲自己命苦，也就心滿意足了，這是天生性格使然，是性格形成的悲劇吧？

勝利

在失落的廢墟中升起

陳列在法國羅浮宮的巨型石雕「勝利女神」像，沒有了頭部（原來當然是有的），看到的只是她張開的雙翼。由於沒有了頭部，所以無法看到勝利者的臉部神情，應該是怎樣的。

可能見過勝利者的臉部的神情，但是很難看到勝利者內心的想法。

勝利，必然經過鬥爭的程序才產生（沒有鬥爭，何來勝利與失敗），勝利了，在鬥爭的過程中，有可能一點也沒有失去嗎？

當然不可能，所以，勝利女神其實是從失落的廢墟中升起來的。勝利愈是巨大，失落的也愈是多，完全成正比例，不能例外。

所以，勝利女神的頭部如果還在，一定是極度的悲切，而不是一般的想像的那樣充滿喜悅——實在沒有什麼值得高興的，雖然勝利了。

然而，幾千年的人類歷史中，還是充滿了各種各樣大大小小的鬥爭，人人都想在鬥爭中取得勝利，直到勝利了，才會停下來看看失去的，然後才知道什麼是勝利。

假象

總要面臨被拆穿的悲哀

一個乍一看到十分難看的人（不論男女），看得多了，會慢慢覺得順眼，看慣了，難看的程度，會漸漸減輕。每一個人一生看得最多的一張臉，自然是自己的臉，所以任何人看自己，總是不會覺得難看的，因為早已看慣了，難看的程度已減到最低程度，而且，還會向反方向進行，會覺得自己很好看。

再加上，一定程度虛偽的話，是人人難免的，誰會當着一個人的面說這個人難看呢？非但不會，而且還往往會有點違心之言。

於是，主觀的自我欣賞，加上客觀的不顧事實相結合，每個人在照鏡子之際，也都絕不會覺得自己的樣子難看。到了一旦有人真覺得他或她不好看時，還會覺得人家在惡意攻擊哩！

外型上如此，其他方面，也是一樣的，人人都以為自己了不起，連誰知道是最不值得一提的小人物，也有其一定範圍的自我欣賞中心，在這個中心之中，自得其樂。

這種現象，本來沒有什麼不好，不過是一種假象而已，不好的是，假象總有被拆穿的一天，真是悲哀。

美麗

欣賞美麗，要有程度。

並不是所有美麗，都能有普通的欣賞的，《紅樓夢》何等美麗，看得透的人就不多。美麗得普通的，就能為廣大群眾接受，美麗特殊，突出，美麗驚世，駭俗，美得令人神為之奪，氣為之窒，自然，能欣賞的人也少了，這是無可奈何的事。

美麗，在很多情形下，甚至十分自我，像男女間的戀情，在參與戀情的男女而言，自然都迴腸蕩氣，悱惻纏綿，在旁人看來，也有可以被感染到的，也有不能的，豈能所有人的戀愛都能使旁人得到感染？戀愛的美麗與否，自然也只有當事人才知道，是無法與眾多的人兼享的。

美麗自然也同群眾心理有關，當廣大群眾，或是社會風氣，都是在一種低階段的情形下，就自然有低階段的美麗標準，叫非洲剛果的土人去欣賞《蒙娜麗莎的微笑》，只怕絕看不出什麼美麗來，而等到剛果土人有機會逐步增加知識到了一定程度，自然也會隨着知識的增長，而逐步領略到高程度美麗的美麗之處了。

欣賞美麗，是需要有程度的，程度不夠，美玉在前，也不知所云，那是程度不夠者的損失，與美麗無尤。

驚艷

不深入了解才有美好形象

幾乎每一個人，一生之中，都有一次或多次的驚艷的經驗，一瞥之下，近於窒息，甚至連心跳也有停頓的感覺。自然，那只是極短暫的時間，然後，就消失了，極大多數的情形之下，終此一生，再也沒有第二次見到的機會，於是，艷影長留心間，那一瞬的形象，甚至是清晰無比的，如焦點絕對正確的攝影傑作。

這是由於根本無法作深入了解，根本無法作進一步探索才形成的美好形象。如果有機會作長時間的再接觸，驚艷得來的印象，十之八九，會蕩然無存，不但不再美，而且也有可能，變得醜惡。

驚艷一瞥，是一剎那間的印象，那全然是純心靈上的感受，絕對沒有世俗一切縟節的分析，全然不受其他種種因素的干擾，所以，一剎那間的印象，有時可以變成永恆的美好的形象。

長久並不一定好，短暫並不一定壞，人類不知基於什麼原因，一直在追求長久，不知詠歎短暫，這可能是人類有尋根究柢的天性之故。

根柢是醜惡，何不滿足於表面的美好？

幻境

依靠藥物，進不了幻境。

思想上進人幻境，是一種極其奇妙的經歷，奇妙得難以用文字來形容，也無法用語言來形容，只有進入過幻境的人自己才能明白。兩個人，如果都有進入幻境的經驗，相互之間，甚至也不能互相溝通，因為那種感受，都是超乎語言的表達能力之外的。

進入幻境，一般認為，有一個十分簡單快捷的方法，就是通過服食某些藥物，而達到目的。

但事實上，藥物不能使人真正進入幻境，藥物只不過刺激、影響人腦部的某些活動，生出一些似是而非的新奇景象來，這種景象，是由不得人作主的。服食藥物的人，是被藥物控制了的幻想，不是由幻想作主，進人了自己所要進入的幻境。

每一個人所需要的幻境都不同，沒有人可以依靠藥物而進入自己需要進入的幻境，要領略幻境的奇趣，必須靠自己的思想，靜靜地，不依靠任何藥物（包括酒精、香煙在內），反倒能使人真正進入幻境之中，在幻境中馳騁往來，奇妙無匹。

人只有靠自己的思想活動，才能進入幻境。

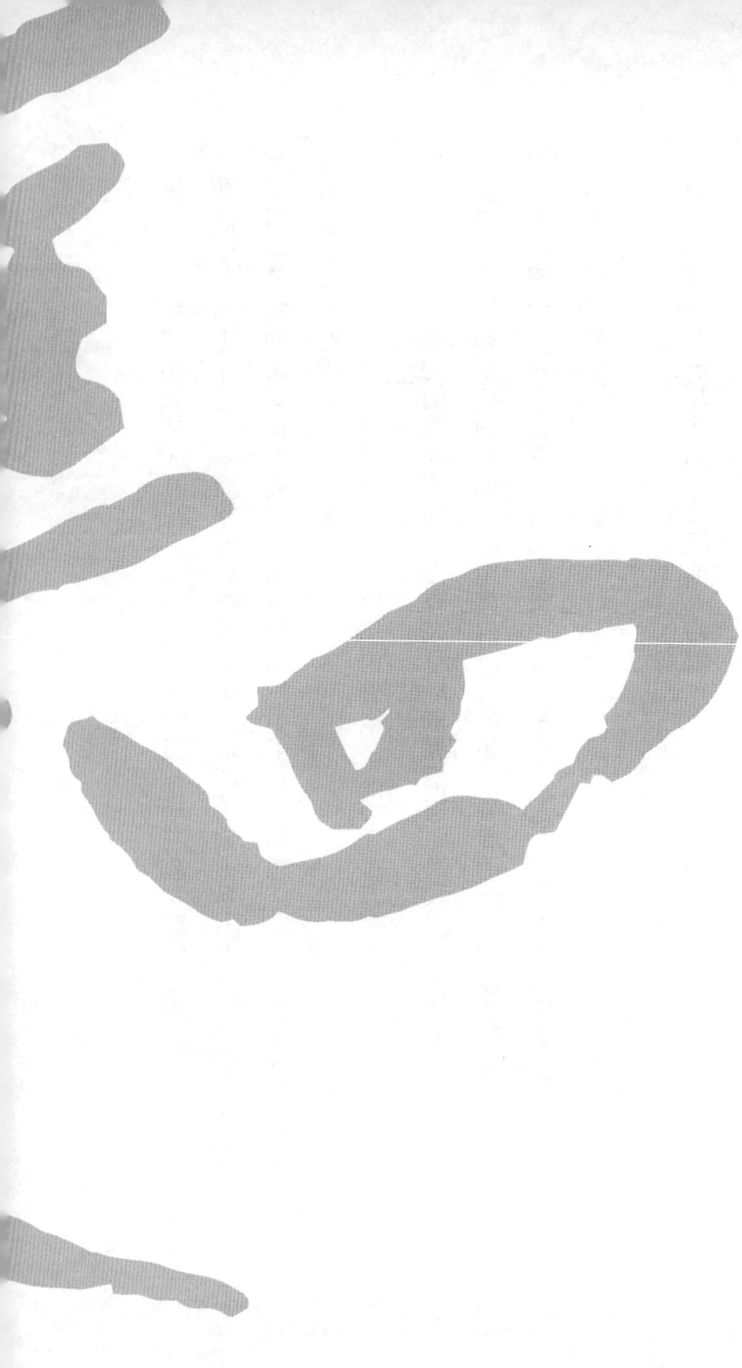

第二輯

性格

性格

要把人的性格作統計，是極之困難的事。

地球上有超過五十億人，只怕沒有性格完全相同的。可是也不是說世界上有五十億個截然不同的性格。情形是這樣，人的性格十分複雜，有一部分和那些人相同，有一部分和這些人相同，又有一部分自我獨立，還有一部分又全人類統一。

所以，要把人的性格作統計，是極之困難的事，沒有人可以把人的性格歸一。

人的行為由性格決定，所以，人的行為也複雜無比，無法統一，也難以估計。

性格上猶豫的人行為就不果斷。這一類人，不但在事業上會陷於進退兩難的境地，在男女關係上，也會不知如何才好，使自己陷於困境。對待女性，有的男人十分夠狠，有的男人拖泥帶水，有的男人明知無法過關，依然泥足深陷……等等情狀，不一而足。女人對待男性，情形也一樣，有的女人十分決絕，一聲再會，男人叩上三百個頭也沒有用，可是也有的女人，軟弱得簡直叫旁觀者眼中冒火——受盡了男人的欺負，依然願意繼續受虐。

一雙男女在一起，結果會如何，其實都可以預測，只要對這一雙男女的性格有了解，就可以根據性格來測知他們的行為了。

行為

人的行為，百分之一百受情感的支配。

人的行為，百分之一百受情感的支配。尤其是在男女關係上，理智的成分極少，感情主宰着一切。一樣的行為，譬如說，肩和肩輕輕相靠一下，在互相之間有感情的男女來說（不必是愛情，只是普通的感情），自然之至，普通之極。

可是，如果這一男一女之間，根本沒有感情，或者有的只是憎厭，那麼，這種行為，也就不自在之至，甚至會由心理上的反感，發展到了生理上的反感——令人作嘔，並不是文學上的誇張，有時，真正不但有嘔吐的感覺，而且真會嘔吐的！那就是情感影響行為的典型例子。

所以，自古至今，風塵女子就十分令人同情，因為她們沒有選擇的餘地，生張熟魏，才見面不久，就要有男女之間最親密的行為，想起來自然可怕之極。

可是，那種同情，其實也只是看戲落眼淚替古人擔憂，風塵女子和普通人不同——不是說她們可以脫出人類的行為之外，而是她們可以在一剎那之間，自然而然，產生出情感來。

既然有了情感，自然也沒有什麼可怕的了！

不是嗎？

風采

自然產生的，才叫風采。

一個人是不是有風采，完全是天生的，沒有法子可以學得來。不論怎麼學，沒有風采的人，始終不會有，只有看來更猥瑣，更不堪。

人天生下來不公平，有的聰明有的笨，有的漂亮有的醜，有的一站出來，見到的人無不喝彩，有的一站出來，鬼頭鬼臉，說不出的難看，這一切的一切，全是人和人之間無法平等的地方。

有風采的人，自然一切行事，都佔便宜，比起沒有風采的人要方便得多。

或曰，有諸內而形諸外，有內涵的人，自然有風采，所謂「腹有詩書氣自華」，那自然也有點道理，可是那多是有了自信而來的一種神態，和天生的風采有分別，天生的神采是無處不在的，不必通過言語，就活躍在身體的每一個細胞之中。

這種幸運的人不是很多，但總可以遇上幾個，當遇上的時候，在一邊仔細欣賞，是一件十分有趣的事，可以看到這種幸運兒自然而然，把他們的風采散發出來，賞心悅目之極。而如果不幸，遇上了拚命作狀的，為了避免作嘔，自然以不看為妙！

距離

人與人之間，絕不能沒有距離。

如果問：人際關係之中，萬萬不能缺少的是什麼？

我的回答是：距離。

人和人之間的關係，絕不能沒有距離。人和人身體上的接觸，可以百分之一百緊密無間，但是思想上的交往，必然需要保持一定的距離。

人和人之間能百分之一百「坦誠相見」，那是神話，絕不存在於現實之中。

事實上，古今中外，不論是什麼人，心中都會有一些不想給人知道的秘密。

人有權保留自己想保留的秘密，那是自然而然的事，若是有什麼人自恃和別人有親密的關係，想盡方法去發掘別人秘密的話，那是最愚蠢的行為，結果只有兩個，一、根本發掘不出來；二、發掘出來，和這個人的關係也完了。

因為秘密沒有了，人與人之間的距離也消失了，而人際關係，建立在必須有的距離上。

常見相戀本來極深的男女，就是因為一方或雙方太致力於縮短距離，終於距離不再存在，而不得已分手。

世上，畢竟蠢人多！

忠奸

沒有忠和奸的分別

坊間流行的話是：某某人是忠的，或某某人是奸的。

可是，實實在在，任何人，沒有確定的忠和奸的分別。甲罵一個人奸，是因為這個人對他奸。可是這個人對乙十分之忠，那麼，對乙來說，這個人就是忠的了。

忠、奸的情形，就是如此，由誰來訂標準呢？由甲來訂，這個人奸，乙來訂，這個人忠。

忠或奸，純粹是立場問題，文天祥、史可法，對漢人來說，忠之極點，對異族來說，就奸得很。

所以有時責備他人奸的時候，要多想一想：為什麼會認為那人是奸的？是不是因為他對別人忠了，對我不利？若果由於對一己不利，就判斷一個人是奸的，那麼，這種行為，本身就十分之奸。

當然，人的行為，忠也好，奸也好，都由自己決定，大可各行其事，但是如果以奸責奸，那大可不必了！

對一己有利曰忠，反之則奸，這就是判忠奸的標準，說穿了，自私得很。

志向

人各有志，並無高下低劣之分。

賈寶玉先生彌月之喜，他的父親賈政先生拿了許多東西讓他隨便抓，他一手就抓到了一盒胭脂花粉，於是賈政先生大大不喜，認為他沒有出息。讓小孩子去抓東西，是測試他將來的志向，若是抓到了一支筆，那自然可以中進士狀元，抓了一柄刀，說不定就是威名赫赫的武將，如此類推，抓了胭脂，自然終生在女兒堆中廝混，於是被認為沒有出息之至。

其實，任何人立志做任何事，都沒有高下低劣之分，人各有志，小學生作文，甲寫了要轟轟烈烈為國家幹一番大事（希特勒、毛澤東之類），乙寫了要做醫生，丙要做作家，丁要做律師，戊要做什麼，己要做什麼，小學生很少會寫下要做清道夫，因為年紀還小，自然個個胸懷大志。

殘酷的是，人人胸懷大志，真正能達到目的的，只怕只有十萬分之一，所以立志之初，志向是什麼，一點關係也沒有。

立了志，就可以達到目的，全人類，個個都是皇帝！

勢利

趨炎附勢，本就是人的天性。

亦舒新著《風滿樓》中的情節：豪門正在夜宴，如雲的來賓，知道主人家壞了事，在十五分鐘之內，像逃避瘟疫一樣離去。

這種人類極常見的作風稱之為「勢利」，勢利行為，一直在進行，但一直在受人詬病，甚至有「勢利小人」這樣的專門名詞，這種情形，相當古怪。因為趨炎附勢，本就是人的天性，為什麼根據天性而作的行為，要受詬病呢？

其實，人人都十分勢利，把勢利列為壞作風是說不通的。把勢利列為壞作風的，其實是被勢利人佔了便宜的人，久而久之，居然煞有介事，言之成理，彷彿勢利真是壞作風了。

在日常生活中，最常見憤憤然在指摘全世界人勢利的人，等到有機會時，他往往比他指摘的對象更勢利！

很多人，由於自己不是他人趨炎附勢對象，這才譴責人勢利，沒有令他人趨炎附勢價值，還要埋怨他人勢利，這是典型的小人物心態，十分可憐。

人，不勢利最好，不過很難，還是順其自然，趨炎附勢一番，雖然未必得什麼好處，總是順乎天性的行為。

交情

別考驗交情，十分之經不起考驗。

曾論及勢利這種作風，合乎人類的天性，不應受到非議，有責問者：「難道一雙好朋友之間一個忽然失敗了，另一個就可以勢利？」

問題令人發噱，也可以說不能教人接受。因為若是有這種情形，甲忽然對乙表現得勢利了，那麼，甲和乙，本來就絕不會是好友，「好朋友」也者，只是表面的。真正的好朋友，相互間就不會表現得勢利。

不是說人人都勢利嗎？不錯，是由於「好朋友」這種人際關係，幾乎已經絕迹了——不信？閣下大可向你的好朋友開口，向每人借若干錢試試。

不能怪別人的，要注意的是，必然是你向別人有所求而不遂，這才責備別人不夠交情，不夠義氣，勢利等等。那實在十分之本末倒置，有求於人，人家肯幫助，自然最好，人家不肯幫助，不管人家是不想幫不能幫不必幫，都不能責怪人家，要怪自己何以要求人相幫。

那麼簡單的道理，世人偏多不明夾纏的，在中國傳統思想中，「為富不仁」，罪加一等，「為窮不仁」，情有可原，真不知道是什麼邏輯！

別考驗交情，十分之經不起考驗，而且要知道，有求不遂，理所當然！

自誇

人若是常自誇，他的智力，必然有限。

自誇，只怕也是人類天性之一，作為人類行為來說，自誇是許多種人類的愚蠢行為之一，因為自誇非但起不了正面的作用，而且十之八九，起的是反作用。

人自誇，無非是想突出自己，在他人面前造成一種偽象，可是怎麼樣自誇，才能達到這個目的呢？

可以說，自誇不可以達到這個目的。

老王賣瓜，自賣自誇。可是瓜一開出來，是淡是甜，立見分曉，誰會上當呢？

《狼來了》的故事，盡人皆知。老王的瓜一劏開，一點也不香甜，一次，最多兩次，老王的瓜，就算真的又香又甜，不必自誇了，還會有誰相信？

所以，自誇這種行為，傷害他人的機會，微之又微，對自誇者本身的殺傷力之強，卻無以復加，很多情形下，甚至可以致命。

也所以，人若稍有智力，必不自誇，反過來說也一樣，其人若是常作自誇這種行為，那麼，他的智力，也必然有限。

以此衡量一個人的蠢笨程度，十分靈驗。

硬充

硬充這種行為，危害身心。

人類行為之中，有一種叫「硬充」，那是幾種辛苦而一點用處也沒有的蠢行為之一。很古怪，有不少人對這種蠢行為還很欣賞，認為「打落牙齒和血吞」就是硬漢行為。

叫人打落了牙齒，正常的反應是大聲叫痛，吐出牙齒來，用水把口中的血洗去。可是硬充者就是那樣，行為反常，把被打落了的牙齒和血吞下去，或許可以博得一兩下喝彩聲，可是究竟實際上得到了什麼呢？什麼也沒有——有的話，可能只是肚子裏多了一枚牙齒。

男人喜歡硬充，有時還勉強有點道理可以說，例如要維持硬漢、鐵漢的形象之類，妙就妙在，不少女性，也喜歡硬充——明明受了打擊，大可以號啕痛哭一番：目的不是為了博別人的同情（誰要別人的同情），只是為了抒發自己的悲傷，悲傷了就哭，這是人類正常的行為，大是有益身心。可是硬充着偏要咬着牙裝出笑容來，人人都知道她心頭在滴血，她還要表示若無其事。這種反常行為，絕對自害身心。

別硬充，多好！

誘惑之點

每一個人抗拒誘惑的能力都有一個限點

像物質有燃點一樣，每一個人都有一個對於誘惑的點。在這個點以下，誘惑不發生作用，一過了這個點，誘惑就會起作用。

男女之間的關係，同樣受這個點的牽制，表面上看來十分好的一對，或實實在在，是真正很好的一對，那只是在沒有誘惑時的情形。

一旦誘惑來了，未達到這個點，自然不會有什麼事發生，談笑應付，一旦超越了這個點，情況就會起劇變。女的受不了引誘，就會拋夫棄子，男的受不了引誘，自然也會棄舊迎新。

人性之中，既然人人都有這個點，那是無可奈何的事，也正因為人人都有這個點，才會有那麼多悲歡離合的事情發生。

每個人都可以做一個自我試驗：不必告訴別人，只是自己在心中想：要什麼樣的誘惑，才能使自己經不起誘惑，拋棄現有的？

這十分有趣，反正是想像，不妨把這個點盡量提高——但不論如何提高，每個人終將承認：是有這個「誘惑之點」存在的！

相罵

相罵，有時比相打還要可怕。

經歷過許多相罵的場面——有的純旁觀，有的自己也參與其事，深覺相罵，在很多情形下，比相打還要可怕。相罵的雙方，在相罵的時候，都會盡自己的一切力量，通過語言，去傷害對方，到了熾熱的時候，話從口中衝出來，已經全然沒有理性的成分，只求有殺傷力，什麼樣的惡毒語言，都可以出口。

這種惡毒的語言，有時真能把人在精神上撕得四分五裂，鮮血直濺——雖然在表面上不像打架那樣會有烏青瘀痕，但是創傷更甚。

有一句話：「惡言傷人六月寒」，真是一點不錯，有時，不但接受了對方一句惡毒的話，就是一句惡毒的話忽然由自己的口中冒出來，也會不由自主，機伶伶地打上一個寒顫，怎麼會說出這種話來？

相罵的雙方，若是有一方，突然之間，有了這樣的感覺，那麼這場罵戰，多半也到了尾聲，可是在相罵時，有多少人會有這樣的反應？

常在想：為什麼人類會相罵呢？相罵的雙方，如果忽然都以背相向，開步走，走到根本聽不到對方聲音的距離，那麼，自然再也不會相罵了！

聰明

當人自認聰明絕頂時，就是他最易受騙時。

一日，聽到一位女性在不知猜中了什麼事之後，十分滿足自豪地聲言：真是冰雪！

當時，就忍不住道：當一個女人自認冰雪、聰明絕頂時，就是她最易受騙的時候。後來，想深一層，何獨女人，男人還不是一樣，於是更改了一下。

人，一自認聰明，就容易受騙，易受騙的程度，和他自認聰明的程度成為正比例，所以，當人自以為聰明絕頂時，也就是他最易受騙之時。

騙子都知道，要騙笨人，十分困難。笨人死心眼，認定一是一二是二，任由說得天花亂墜，舌粲蓮花，可以給他多少多少好處，而他是要付出很少很少，笨人都不會相信，因為笨人有死原則：有便宜莫貪。

可是自認聰明的就不同，自認聰明的，會想：這是好機會，我既然聰明，豈可錯失？雖然說有便宜莫貪，他豈會騙我輩聰明人！

於是，自以為聰明的人就受騙了。

你自以為聰明嗎？如是，你是個笨人。

窒人

你要窒人，一定也要被人窒。

「窒人」是粵語，用了窒息的窒字，來代表一種連氣也透不過來的情形，這種情形，通常是一個人被別人以言語貶低其行為，而又無法反駁，尷尬羞愧，不知所措，面紅耳赤，兼而有之的一種情形。很難用國語作簡單的翻譯。

有的人，特別喜歡窒人，以窒得別人下不了台為樂，所以這種人會挖空心思，想出不知所云的問題來窒人，城中近期最著名的例子，是某甲問某乙（在公開場合）：你生育孩子的時候，可曾諮詢過孩子的同意？

對付這種人，最好的方法是反窒之，某乙反應如果快，可以立即反問：「令堂是在什麼時候徵詢閣下同意，才放閣下出產門的？」

喜歡窒人，以窒人為樂者，一定要記得一點：你窒人，人家也可以窒你，除非你做了皇帝，還要是古代的，才可以窒人而不被人窒。

可是，每是有些人，窒了人就呵呵笑，被人窒就老羞成怒，這類人，是渣滓。

討厭

有一種人極討厭：自己不做或根本沒有能力做的事，人家做了，就指手劃腳，諸多挑剔批評。

這種人在社會上極多，一件事，做起來大有困難，人人一直都認為該有人去做，可是一直沒有人做。忽然有人做了，在一片掌聲頌揚聲鼓勵聲之中，也必然有一些人，忽然跳出來指手劃腳，諸多挑剔，說做得不好，好像他才是專家，可是他又不去做，等人家去做，才來表現專家姿態，這種人，自己沒有能力，卻嫉妒他人的成就，最是討厭和卑鄙下流。

《紅樓夢》沒有人續，高鶚續了，什麼人有資格說他續得不好呢？說高續不好的人，自己續來看看！

《資治通鑑》原文太古，看得懂的人漸少，需要有白話翻譯，柏楊先生發大願心，從事翻譯白話的工作，至今已完成了一大半，少不免也有人說這個不對，那個不好。說不好的人何不拿些好的樣子出來，自己也來譯上一譯？當然他絕做不到，和柏楊先生差得太遠了。

這種厭物之可厭處，更在於他們還沾沾自喜，以為自己真的有點料。

當然沒有料，有料的在做這件事，沒料的才指手劃腳地在聒噪！

自知

沒有自知之明的人最討人厭

人際關係其實相當虛偽，真正肝膽相照，每一句話都是肺腑之言的情形，不是沒有，但如果不是刎頸之交，誰也不會那樣做，日常應對，都是說些敷衍話的居多，很多的讚美詞，也大多數是客套，若真的信以為真，照單全收，那吃虧的是自己，久而久之，就會變成了沒有自知之明，而沒有自知之明的人，十分之惹人討厭。

一般來說，若不是遇上了真正沒有自知之明的人，也無必要給他釘子碰，笑笑算了，最多走開些。但偏偏有些太沒有自如之明的，走開了還要跟了來，那就非當面開銷不可了，有的，甚至到了「面斥不雅」的地步，仍然不知發生了什麼事的，「自信心」之強，天下罕有，這種人，倒也拿他沒有辦法，吾友蔡瀾的說法是：既然已經這樣了，就由得他去吧！

想想也對，對這種人「面斥」，其實是教他變聰明些，何必那麼辛苦去教一個沒有自知之明、不知道自己是什麼東西、不知道自己多麼討人厭的人變得聰明？而且，根本就不會變聰明的。

今天天氣哈哈哈，多好！

冷淡

要有十分敏銳的感覺去感覺他人的冷淡

冷淡是人際關係中的一種行為。冷淡，通常用言語或神態表現出來，表示一個人對另一個人沒有興趣，不想再繼續接觸，根本不願再和那人來往，等等。

常見的情形是一個人分明表示冷淡，可是另一個人一點也沒有覺察，仍然在繼續他的熱烈，這種情形，真是慘不忍睹，又不能過去推那人一把，告訴他：人家這樣的冷淡，你快點離開吧！別再在他的面前自討沒趣了！於是，只好繼續替那被冷落的人難過。

所以，對於他人的冷淡，要有十分敏銳的感覺——不論在什麼情形之下，他人一有冷淡的神情、言語或行動，都要立即覺察得到，立刻推開被冷落的範圍，一個人可以冷落另一個，另一個人也可以冷落那個人，大家平等。

被冷落，一開始或者會不快，但明白了大家平等這個道理，也就沒有什麼了，最糟的情形，是去問為什麼被冷落，那真是慘事一宗，因為在虛偽的人際關係中，那總得不到真的答案：誰會直接地說因為討厭你呢！

對冷淡遲鈍，當事人本身，或者還不怎樣，旁觀者看着，可大有警惕作用：千萬不要和他一樣！

人情

有求於人，自然低人一等了。

人際關係之中，牽涉「人情」。施受人情是十分奇怪的情形，施情的一方，和受情的一方，有時可以全然無關，有時可以略有關係，有時可以關係極深。施和受的雙方，有時又可以全然是施者自願，有時則出自受者的要求。

每一個人，一生之中，都有施人情於人、受人情於人的經歷，幾乎無人可以避免，所以，有一些現象，必要明白，不然，就會誤解人情。

首先，每個人完全有權拒絕施情，任何人等，不能非議拒絕施情的人，施人情必須出於自願，可以不受任何道德標準社會輿論種種關係的約束。尤其被要求及施情時，每個人都可以根據自己的意願行事，不必顧忌什麼。

其次，需要他人施與人情者，必要軟言相求，而又得自覺理直氣壯——沒有人對他人有義務要施情，每一個人都是一個獨立的生命，所以也就沒有人有權一定要別人施人情給他。

再者，要求他人施人情者，在要求的一剎那間，地位必然要處於被要求者之下，這地位，更多是指心理上的地位而言。

人到無求品自高，有求於人，自然低人一等了！

傻人

傻人不會有傻福的

中國民間或官方的文章中，如《論語》、《孟子》、《大學》、《中庸》，有許多觀念，謬誤之甚，以至不斷地在糾正駁斥。

像「傻人自有傻福」這民間的觀念，放在千百年之前，或者有點道理，但從今日的社會結構和社會生活而言，若是還相信這種話，那別說不會有什麼福，能夠生存，已是僥倖之至。

如今社會的互相欺騙、因利失義的情形，已到了無可避免的地步，一個人，操守再好，也只能做到「欺人之心不可有，防人之心不可無」，若是連防人之心也沒有，那麼，唯一的結果就是吃虧，吃小虧、中虧、大虧，不會有什麼傻福等待着他。

有些人，看起來很傻，也像是很有福，對不起，那種情形之下，他的傻是假的，他的內在，不知多麼精明，精明到了犧牲一點餌，去釣一條魚回來。你以為他傻，正好中了他的計。

真怪哉，這世上是不是還有傻人？既然沒有了傻人，自然也就沒有傻福這回事了。

後果

人人都有權我行我素，甚至倒行逆施，但必須自己負責一切後果。

在自由社會之中，個人的行動自由，幾乎已到了隨心所欲的地步。當然仍然有法律放在那裏，可是道德的束縛力量，弱之又弱，毫無實際的作用，所以，人人大可我行我素，甚至倒行逆施，與眾不同。

但是有一點必須明白，個人的行為，個人必須負責後果，不能把後果推給他人，尤其不能把後果推給曾規勸不要這樣做的人。

例如有人喜歡玩火，必然有許多人勸他不可玩火，說了許多道理給他聽，這個人不肯聽，照樣玩，忽然燒傷了，不論燒傷的程度如何，都只有一個人躲起來養傷，不得向他人求助，不必向他人訴苦，那些曾勸他不要玩火的人，更有權幸災樂禍，千萬不必主動去幫他，在他靦顏來求助時，也大可拒絕，不必助長他這種壞作風。

有我行我素的氣概，就必須同時有自我負責的勇氣，若不然，那就應了一句歇後語：屎坑石板——又臭又硬。

可以臭，可以硬。

不能又臭又硬！

好壞

覺得周圍全是壞人，會很痛苦。

人生多難，痛苦的時候多，快樂的時候少。有很多痛苦，根本無法擺脫，無法可施，只好硬挺。但也有些痛苦，是可以改變的，那就不妨努力改變，畢竟人生是少一分痛苦好一分的。

譬如說，老是覺得自己的周圍全是壞人，每一個人都時刻在算計自己，因而用盡方法把自己武裝起來，害人之心不可有，防人之心不可無，那就會增加痛苦。

世上當然有壞人，但實際上，壞人不會那麼多，而且，壞人總要有壞行為，壞行為一次兩次看不清，三次四次也就看清楚了，弄清壞人的過程十分簡單，只要普通程度的智力，就可以達成目的。所以不必懷疑周圍全是壞人，終日提心吊膽的。

社會上鈎心鬥角的事情很多，一直把壞人的尺度放得很寬，譬如說，某人損人利己，也不十分把他當壞人，因為那是人類的基本行為之一，天下有多少人是殺身成仁的呢？

這樣一想，身邊的人各有優點，自然精神會愉快得多了！

是非

有是非也當沒是非，自然就沒是非。

有一類人，是非特多。這類人往往自嘆：「一定是命裏干犯小人，不然何以是非會如此之多。」其實小人到處都有，不會因為某個人的存在增多和減少，為什麼就有的人是非少，有的人是非多呢？很簡單，完全是基於對是非的處理態度。

一有了是非，就緊張十分，當作是一等大事，鄭而重之處理，自然是非一樁就是一樁，不會消失，而且，只會增加不已。

是非來了，根本不當這是是非，一笑置之也好，連笑也不笑，就擱在一邊也好，不當它是一回事，是非自然也就成不了氣候。

別以為要做到這一點不容易，其實一點也不難，因為香港是一個自由社會，有法律的，誰也不能憑是非奈何得了誰，而且，只不過是說說是非而已，沒有實際的行動，要不加理會，何等容易。

大有人喜歡是非的，那另當別論，這句話，只是教人如何把是非消於無形，而且保證萬試萬靈。

愉快

不愉快的事，擴大了，只有更不愉快。

發生了不愉快的事，是不幸。更不幸的，是不愉快的事一直在發生，不論如何避免，都避免不了，總會有一兩件會沾上身來，人人不能例外。

對付不愉快的事情，最好的方法，就是低調處理，別讓它擴大。不論感到多麼不愉快，都一定要記得這一點，若認為把事情擴大會有好處，那大錯特錯。

如果本來不愉快的程度只是「三」，把事情擴大一倍，不愉快的程度，也就以正比例增長，變成了「六」，不信，可隨便撿一件不愉快小事來實踐一下，就可以知道這句話是經得起實踐檢驗的真理。

不愉快事件的發生，原因有千百萬個，沒有人可以避免，而人人可以做得到的，是在不愉快的事件發生之後，把不愉快的程度減至最低。

人生難免有各種各樣的不快，也一定有各種各樣的快樂，努力把快樂的程度提高，小小的快樂，變成大大的快樂，努力把不愉快的程度縮小，大大的不快，變成小小的不快，能夠實行，自然是快樂人生。

哭

發生了任何事，哭都沒有用。

哭是人類表達感情的行為之一，大多數是在哀傷悲痛、不如意、受了損失傷害的情形之下，才會哭，幾乎可以說是不幸的象徵。自然也有喜極而泣的情形，但那時，只是流淚，並不是哭——流淚不等於哭，其理甚淺，風吹入眼，也會流淚，和哭就大不相同。

正常的情形下，人遭到了不幸就會哭，哭是不是能改變不幸的遭遇呢？絕對不會，哭的人也明白這一點。譬如說，親人生離死別了，哭，改變不了這種情形，又譬如說，愛情陡然消失了，哭，也改變不了這種情形。可是很奇怪，人一到了要哭的境地，明知沒有用，還是一樣要哭。

有一種說法是：哭吧，哭出來，號啕痛哭之後，人會舒服點，對這種說法，也不敢苟同之至，一定是沒有哭過的人才會這樣說，又不是喝多了酒，喝多了酒，可以藉嘔吐減輕痛苦，聽了不幸的遭遇，哭了又有什麼用？絕不會舒服一點。

必須明白，不論發生什麼事，哭都沒有用，不哭，也沒有用，事情發生了，不會改變。

哭，不哭，都一樣。

難看

輸不要緊，可是不能輸得那麼難看。

這句話，是看到了電視衛星轉播蘇聯與中國的女排比賽之後，自然而然感歎出來的，相信許多人都有同樣的感覺。

凡競爭，必有勝敗先後快慢高下輸贏之分，失敗的、後的、慢的、下的一方而言，自然不是一件值得高興的事，但也絕不應該太不高興，總有勝有敗，有輸有贏的，勝敗乃兵家常事，就是這個意思。

可是，絕不能輸得那麼難看，輸成那樣子難看的，那算什麼呢？簡直難以分類，無法形容，只好說：太難看了。

不單是體育競技，許多其他情形，也是一樣。不論是明的競爭還是暗的競爭，不論輸贏，總不能輸得那麼難看，不然，實在是很難看的。

那麼該怎麼辦呢？首先，要有自知之明，其次，要知道人家的實力——要做到這一點很難，但是自知之明總應該有，若自知是雞蛋，硬要往石頭上去碰，結果，自然是難看之至。

自知是雞蛋，可以根本不去碰石頭，自然也就不會難看了。

高飛

能振翅高飛，何必腳踏實地。

常聽到屬於規勸、教育性質的話是：做人要腳踏實地。這裏的「腳踏實地」，自然是一種象徵性的比喻。

真奇怪，做人，為什麼非要腳踏實地不可呢？當無法不腳踏實地時，當然只好腳踏實地，若是一旦有能力可以振翅高飛，何必再堅持腳踏實地？

別說可以振翅高飛了，就算可以騎馬、坐車，也必須先放棄了腳踏實地，才能夠達到坐車騎馬之目的。若是永遠腳踏實地，那就只好一輩子步行。

要腳踏實地，是沒有辦法中的無可奈何之舉，若是將之當作是生活的一種準則，那是傳統的民族愚昧，這種民族愚昧，在共產黨的統治之下，更是發揮到了淋漓盡致的地步——做什麼事都要「苦幹」，提倡「苦幹精神」，在精神和概念上，和提倡「腳踏實地」是一樣的，同樣是落後的根源。幹，是工作，工作若是和「苦」字聯在一起，這個工作就決做不好。

當然應該快快樂樂地工作，只管振翅高飛，不必腳踏實地。

藉口

所有的藉口，都是人要使自己心安理得的憑藉。

「天山三丈雪，豈是遠行時。」

這裏引的是李白的詩。天山三丈雪，成了不宜遠行的藉口。所有的藉口，都是人要使自己心安理得的憑藉，其實很有點自己騙自己的味道。

若是不想遠行，天山有沒有雪，絕不相干，一樣是不想遠行。

若是想遠行，天山的雪是三丈或是三千丈，一樣可以遠行，不受妨礙。

遠行可以是歡樂，若和自己心愛的人結伴遠行，那是人生之至樂。遠行可以是哀傷，若是和心愛的人要分開，是離愁，別有一番滋味，自是哀傷的居多。

遠行在古代，又比現代傷感得多，設想起來，十分可怕，譬如說進京趕考，一去就是一年半載，託人帶一封信，收信人收到，也是三五個月之後的事了，若是犯起相思，牽腸掛肚般思念起來，這日子不知怎麼過？

現代人自然幸福得多，通訊方便，交通也方便——也正由於如此，所以現代人之間，就很少有刻骨的相思，真要是想得斷腸，在斷腸之前，必然可以有二十四小時就相會的安排，也就不必斷腸了。這也可以算是有一得必有一失吧？

忙

再忙的人，也必然有時間做他喜歡的事。

常聽人說忙，許多人都在說，確然，香港遊手好閒的人不多，人人都忙。所以，有許多事，都用忙作為藉口而推掉了。

忙，當然可以作為推掉許多事的大好藉口，被推的人不必糾纏下去，因為必須知道，那是藉口，真正的原因是，他對這種事根本沒有興趣。

人再忙，也必然會有時間做自己喜歡做的事，一定有的，再忙也擠得出時間來。至於自己不喜歡做的事，就算清閒，也不會去做。

有不少人不明白這個道理，一聽得對方說忙，就千方百計，幫他安排時間，認為他一定可以騰得出時間，非弄得翻臉不可，真是不識趣之極。

碰到這種不識趣，而且又糾纏不清的人，若是在通電話，可以大喝一聲，立刻收線。若是當面，也可以冷笑一聲，轉身走人。

極大多數人都不願做自己沒興趣的事，纏人的人，侵犯他人人身自由，可惡之至。

覆水

覆水，始終難收，就算能收，也不是那回事了。

「雨落不上天，水覆難再收。」

硬要爭辯的話，「雨落不上天」，也未必，在大雨的時候遇上龍捲風，也就將雨水捲上了天，當然，雨始終是要落下地來的。水覆難再收的「難」字，李白用得十分好，「難」，並不是絕對不能，看水覆在什麼地方。像朱買臣先生那樣，一盆水潑在地上，那自然再也收不回來了。若是這一盆水，倒在另一隻大盆子中，那也就很容易收回來的，當然，收回來的，不可能是全部。

也許，在一覆一收之間，水的分子已起了看不見的變化，完全不是原來的那回事了。所以，覆水，始終難收，就算能收，收回來也不是那回事了。

在覆水難收的象徵性寓言上，非常之男女不平等，這句話，是表示一個女人離開一個男人後，想重投這個男人的懷抱而遭到拒絕。這詞不用在男人的身上，用在男人身上的是「浪子回頭」，接着「金不換」三字，風光得很。

曾經想過，用什麼樣的方法，可以消除這種男女不平等呢？想來想去，沒有方法，在男女社會地位沒有徹底平等之前，這種情形還將繼續下去。

水，覆了就覆了，也許，當再也沒有覆水盼被再收時，不平等也就消失了！

意見

別向我提意見，我不會聽的。聽了，我就變成你，不是我了。

這兩句話，本來並不常說，不聽就不聽可也。可是偏偏有些人，特別喜歡對別人提意見，令人覺得厭煩之極，所以這幾句話就非常常說不可，說了，十分靈驗，可以耳根清靜。

接受他人意見，在傳統上認為是一種德行，其實不然，老人和小孩和驢子趕路的故事，人人皆知，指出他人的話不必聽，不論他人的話是好意是惡意，有用沒有用，對或不對，都大可不必聽，理由十分簡單，因為聽了，你就變成他，不再是你，連自己都沒有了，好得到哪裏去？

還有一種情形，簡直荒謬絕倫，一個對一件事、一樁工作毫無認識的人，夠膽向這方面的專家提意見，絕不想想自己是什麼資格，對付這種人，更加不必客氣，一定要問：「是你懂還是我懂！」若對這種人也客氣應付，那後患無窮。

聰明人大都很少徵求他人意見，聰明人也很少向別人提意見，除非真有這個需要，也除非真有這個資格！

第三輯

怪行為

邀請

早點拒絕好得多

邀請，不論在什麼樣的情形下，也不論邀請的目的是什麼，被邀請者的態度只有兩種：接受和拒絕。

被邀請者接受了邀請，那自然天下太平，邀請的這個行動，已經完成，可以不必討論了。

值得討論的是拒絕——若是被邀請者十分堅決，極其肯定，斬釘截鐵，乾脆玲瓏地加以拒絕，那問題還不大，邀請者至多再要求一兩次，所得的答覆一樣，自然邀請行動也就此結束，不會再繼續下去。

可是，在很多情形下，人際關係十分複雜，關礙着面子哩、不好意思哩、怕得罪人哩、留個餘地哩，等等原因在內；拒絕便不見太徹底，或含含糊糊，或推推搪搪，或找些藉口，或支吾勉強。在那樣的情形下，被邀請者有不能直言之苦，邀請者若是一味糾結，死纏爛打起來，就十分可怕。

邀請者要是聰明，自然可以知道對方是在以支吾代表拒絕，自然會放棄，但若是笨起來（這世上偏是笨人多），一定不會明白，會繼續請之不已。

若是不願勉強自己，反正總要有一次直接的拒絕，不如早一點說，好得多。

花費

我花費不起

這句話近年來說得極多。在什麼樣情形之下說呢？例如，有人來邀請參加大規模的盛會，估計不會有趣，屬於社交應酬，多半還要長時間保持笑容，令肌肉僵硬，菜不會好，酒未必醇，於是就說：我不來了，我花費不起。

邀請者的必然反應是：請你參加，當然不要你付任何費用！

於是，就必然再進一步的解釋：「你誤會了，花費不起的意思，不是指金錢，而是時間，我沒有時間可供胡亂花費了！」

相邀的人，或譏笑、或安慰、或黯然、或惱怒、或不屑，反應不一，但堅持不浪費時間在自己不喜歡做的事上則是既定方針，絕不改變。

早在四十歲生日時就曾撰聯語，有「時已無多」之歎，何況如今！雖不致於一分一秒都要計算——那樣做，太痛苦，也屬於不喜歡做的事，但一大截時間，該如何度過，真要好好打算。

時間一過去，就再也沒有了！

興趣

已經沒有興趣去培養新的興趣了

有電話來，邀去做一件向來對之一點興趣也沒有的事，當然的回答是：我對這件事一點興趣也沒有。對方不肯就此算數：「興趣可以慢慢培養的。」立即的回答是：「已經沒有興趣去培養新的興趣了！」

舊的興趣，已經太多，多到未能盡興，哪裏還有時間去培養新的興趣！

有些人打電話來，實在妙不可言，試舉例以說明之：

電話來：「忙不忙，能吃一餐飯乎？」

「不能，太忙了。」

「你在忙些什麼？」

老祖！我在忙些什麼，如何向閣下一一匯報？在這種情形下，除了立即放下電話之外，還有什麼更好的辦法嗎？當然沒有。

直接的回絕，十分之需要，而且在直接的回絕之中，也很可以發掘出一些道理來，像早已沒有興趣去找新的興趣，若不是忽然有了這樣的電話，連自己也不知道竟已疲累到這種程度。

所謂意興闌珊，大抵類此。

省時

不再說委婉的話，以免浪費時間。

人的生命，十分短促，半個世紀，彈指即過，絕無可能再有半個世紀，所以對於時間，只覺得愈來愈寶貴。每一分每一秒，一過去，就永遠回不來了，過一秒便少一秒，過一分便少一分。所以，真正「分秒必爭」，爭着把時間花在有樂趣的事情上。

於是，就不再委委婉婉地說話，而直接說，以免浪費時間，實行以來，發現真可以節省時間，而且快樂。

實例之一：不知什麼團體來要求講話，先是婉詞以卻，對方呶呶不休，於是直言：「演講費每小時一萬元，派車來接，自出門口起計。」對方立時回答：「我們考慮一下！」不再纏下去，其怪遂絕。

實例二：莫名其妙的來約稿，答：「不寫！」對方照例囉唆不已，就直接說：「每千字三千元，先付。」對方自然也銷聲匿迹。

若是自覺還有大把時間在手的人，大可不必這樣做。因為這樣做，必然得罪人，久而久之，壞聲名就會傳出去，但若是自覺時已無多的，就什麼都不必怕，世上沒有更比時間寶貴的了。

簡化

事情太複雜了，我不會做。

或許是由於強烈感到生命所餘無幾的緣故，對於本來可以簡單解決，卻偏要將之複雜化的行為，愈來愈反感。也直到最近，才發現原來有那麼多人，喜歡把簡簡單單可以解決的事弄得複雜無比，所以，每逢有這樣的情形時，「太複雜了，我做不到」就十分有用，一口拒絕，免得再囉唆，自認低能，不必再解釋，可以使有限的生命，得到充分的利用。

最近，收到幾份表格，本意只是要一些簡單的資料就夠了，可是表格的設計，繁複無比，幾乎連外婆的乳名是什麼都要填上去。本來就對各種表格有天生的反感，再一看到那麼多項目，自然立即棄去，再看多一眼，都覺得浪費時間！

也有些事情要商談的，本來，至多十分鐘，一定可以解決的，可是遇着對方要把事情複雜化，也決不等候，立時拂袖。

常聽人說，年紀愈大，涵養愈好，性急的也會變成性緩，身歷其境，方知大謬不然。

喝酒層次

你只管去歡歡喜喜吃你的飯，心中快樂去喝你的酒。

那天晚上，經過了一天辛苦的工作，還有若干工作未了，吸一口氣，用力揮一下手，斟了一杯酒，望着濃艷艷的酒在杯中蕩漾，輕輕呷上一口，長長地呼出一口氣，情不自禁地歌頌：「酒，真是好東西。」

不知用酒做題材寫過多少篇散文了，有的，甚至就是在大醉之下寫出來的，但還是寫不盡。自從脫離了酒鬼的行列以後，更能體會到酒的好處。

酒鬼被酒控制，只知道把酒灌進肚子去，不醉不休，在那種情形下，如何能領略到酒的好處？要領略酒的好處，必要保持清醒，不被酒控制，也不必控制酒，人和酒全然處在平等的地位，酒進入人體之後，自然能使身體和酒揉合為一，產生奇妙效果。

「只管……心中快樂去喝你的酒」是至理名言，心中快樂，再加上酒，可以使快樂更提高。人類早就知道借酒澆愁是沒有用。借酒澆愁，不快樂地喝酒，痛苦了用酒來麻醉自己，那是喝酒的低層次。

心中快樂喝酒，才是高層次。

明日

有酒可飲直須飲

歷代的詩詞歌賦之中，提到酒的，不知凡幾，各有各的意境，自然也難以盡述。當年，每當和古龍共酒，必然大醉，醉後分別，總一人念一句杜詩：

「明日隔山岳，世事兩茫茫。」

有時，古龍先念，有時，古龍遲念，念了沒多少年，那年端午過後不久，在台北分別，念的還是那兩句，果然，再見面時，他已離開人世，幽明相阻，又豈止「隔山岳」而已！

今日，又讀詩，看到明謝肇淛的句子：「馬上相逢須盡醉，明朝知隔幾重山」，也正和杜詩意境一樣。元曲中也有「酒杯深，故人心，相逢且莫推辭飲」之句，可知若是相逢，只要投契，哪管是新知是舊識，有酒可飲直須飲，「明日知隔幾重山」，誰知道明天是怎麼一回事？錯過了一回，再也找不回來了！

古代人喝酒，少有干涉阻礙，現代人比較不幸，「婦人之言不可聽」，常有悍而沒有知識的女性在，就會把喝酒的樂趣減少一半，若是座中不幸有自命懂得醫學常識者在，又減三成，酒價奇昂，劣酒充斥，又減一成，可與豪飲者不知何處覓，酒趣全無。

不如不飲，且待明日。

醉不起

真慘，今晚醉不起！

只聽說過東西太貴買不起，口袋中錢太少花不起的，哪有喝酒醉不起這回事！

真有。那是很慘的事，最近常說：真慘，今晚醉不起。

老友或飛箋，或來電，興致勃勃：共謀一醉，盍興乎來？若是今晚醉得起的，自然再好沒有，沒有什麼更值得高興的了。

可是，如果醉不起，便只好用上述那句話來回答。好在老友全知道，若是說了這句話，那真是慘情十分嚴重，都不會再引誘威脅，大家互相長嘆一聲，算數。

什麼樣的情形之下，發生醉不起的情形呢？

不是遵醫囑，不是聽任何人吩咐，而是為了第二天一早要工作。

若是不必工作，帶着宿醉，或許再來一點「還魂酒」，昏昏然，懶洋洋，愛躺就躺，愛坐就坐，愛發怔就發怔，愛看書就看書，真是快活人生。

可是，如果工作呢？頭昏腦脹，手顫腳震，真是苦不堪言，寧願宵夜少喝點。

真慘，醉不起的夜晚太多了。

台式喝酒

台式喝酒法必須反對

這一句，簡直是口號了。所謂台式喝酒法，就是不論喝的是什麼酒——大多數情形下，都是劣酒，都要互相敬酒，無論是敬酒者或被敬酒者，都必須乾杯，不然，被視為看不起人，後果可大可小，小者不免怏怏，懷恨在心，大者，可以當場白刀子進，紅刀子出，古龍在北投終於身受重傷，就是為了不肯和人乾杯。

這種喝酒的方式，可惡之極，全然違背了喝酒的原則。喝酒是為了求樂趣，不是為了和別人比拚，喜歡乾杯的大可自行乾杯，何必強迫他人也乾杯？

更惡劣的情形，也是由這種非要別人乾杯不可的情形衍化出來的，就是遇有根本不能喝酒的人，也會被逼喝酒，且有喝死人的紀錄。

台式喝酒法必須反對，浪費了酒而沒有樂趣，或許會有人以為那樣子意態甚豪，真是好笑，喝得酒多，何豪之有？強迫他人做任何事，都不可以，包括喝酒在內。

所謂「敬」酒，真有那麼一點對他人慕敬的成分在內，就不需強要他人一定乾杯——情商可以，強迫不行！

秘密

會把人脹死

認識一個人，心中有一樁對他來說，極其巨大、嚴重的秘密。這種秘密事，是萬萬不能讓人知道的，尤其不能讓他的家人知道。一旦秘密泄露，對這個人來說，就是天翻地覆的大變化，而這種大變化，是這個人目前所不能承受的。

在這種情形之下，這個人應該把這宗秘密深深隱藏起來，絕對不容許有給人知道的機會，應該是這樣的，不可能有別的處理方法，對不對？

不對！事實和想像，和根據情理所推測的結論，往往大不相同，這個人把他應該嚴守的秘密，原原本本地告訴了另一個人，據稱，是他的好朋友。

秘密這種現象十分怪，當只有一個人知道的時候，這種現象存在，當一個人以上知道的時候，秘密現象就消失了，兩個人知道和兩百個、兩千個、兩萬個人知道一樣。

於是……

後來問這個人：為什麼要把自己心中那麼巨大的秘密，告訴另一個人呢？答案是：當時如果不把心中的秘密告訴另一個人，這個秘密會把人脹死！

秘密真的是那麼可怕？

泄露

泄露秘密的一定是自己

談到秘密，還有一個十分有趣的現象是：秘密的泄露，絕不是由於別人，而是由於自己。

秘密的定義是：只有一個人知道的才算，一個人以上知道的事，不算秘密。

所以，秘密不泄露則已，一旦泄露，一定是由於知道秘密的人，自己先告訴了別人，不然，他人何由得知？

心裏有巨大的秘密，令人感到刺激、令人感到興奮、令人感到緊張、令人感到恐懼，可以使人百感交集，所產生的壓力之大，不是親身有過這樣經歷，難以想像，而壓力的大小，又和秘密的嚴重程度成正比例，到了人的心理狀態，再也難承受秘密的壓力時，最好的解決方法，就是把秘密告訴另一個人。

秘密一旦有另一個人知道，就不成為秘密了，秘密所造成的壓力，自然也大大減輕，甚至消失。

聽起來好像很矛盾，秘密應該嚴守，可是心中守着一個秘密，會叫人身負重壓，受不了，於是自己把秘密泄露出去，以減輕壓力。

那麼，何必當初形成秘密呢！

講理是講不清的，或許是，這就是人生。

傳言

話一說出口，就要知道一定會傳開去。

經常遇到這樣的情形：幾個人在閒談，其中一個忽然壓低聲音，作其神秘嚴肅狀，說：「講一件事，此處講，此處了，不要傳出去！」

遇到這種情形，大多數會立即避開：「等我走了再說，我沒有聽，日後，傳了出去，不關我事。」

或者，在另一種情形之下，有人一本正經，單對單來說：「告訴你一件事，不過千萬不能傳出去！」

遇到這種情形，也必然搖頭：「請不要告訴我，將來傳出去了，不關我事。」

這種對人講了些什麼，又叫人「別傳出去」，「不要告訴別人」的人，可說是莫名其妙之最，因為話要是一說出口，或遲，或早，必然會擴散開去，必然會傳開去。人天生有喜歡傳播秘密的天性——若要人不知，除非己不說，說了，要別人代守秘密，怎能做得到。

守秘密的最好方法是不說，也或許，說了而要他人守秘密者，真正目的，正是想把秘密傳出去。

誰知道？人心太難測了！

說謊

明知其假，力求其真。

由於人和人之間，不能直接由思想作溝通，必須通過語言、文字，或其他方式，使他人明白所要表達的一切，於是，人類行為之中，就有了一種極可怕的行為：說謊。

說謊，就是表達出來的意思，和所想的不一樣——有時差別甚少，有時相去甚遠，有時，甚至截然相反。

說謊，是人人都無法避免的行為，「一個人若是號稱從不說謊，那就是最大的謊話」，早已成了至理名言。雖然每一個人從小所受的教育是「不要說謊」，可是這種教育，顯然無效——凡是違反人類天性的教育，都不會有效。

說謊之目的，當然是想別人相信所要表達的一切是真的，人在說謊的時候，自然十分清楚自己所表達的一切全是假的，可是還一定要加上許多動作，力求其真，例如信誓旦旦、例如捶胸頓足、例如痛哭流涕，叫他人相信，想起來，這種人人都日日在進行的行為，真叫人有點不寒而慄，十分可怕。

說謊，是在表示真的時候，根本不真，那和表示真的時候是真，後來又變成不真的情形，大不相同。說的時候真，後來變成不真，那是變了，變了，自然絕不同於一開始就不真。

變是變，說謊是說謊。

怪行為

說的話和想的事可以全然相反

人與人之間的關係，仔細想想實在十分可怕。最主要的原因之一，自然是人和人之間建立關係的方式，十分古怪。

人和人之間不論發生什麼關係，最通常的開始，是通過語言來進行，而語言，就是一種古怪之極的表達意念的方式，怪在口中說出來的話，可以完全和腦中構想的相反。

其他的動物，雖然沒有語言，但是也各有表達意願的信號發出來——當一隻雄性的蛾，向一隻雌性的蛾，發出要求性交的信號時，一定表示牠真正想有這個行為。可是人卻可以一面向另一個人投懷送抱，口中說着令人聽來舒服到骨頭都會酥的情話，但實際上，腦中所想的，有任何可能和所說所做的不同。

一個人信誓旦旦，說：「當然不會，沒有感情，我怎麼會和異性上牀？」的時候，不但可能早已和許多異性上過牀，而且還可能已和異性在牀上——如果通話的情形是電話。

可以說，人類的許多悲劇、煩惱，都是由人說謊這種行為而來。

可是，又很難想像人不說謊，會是怎樣的。

人類行為，真是妙不可言。

言行

人類行為只分兩種：一種言行一致，一種言行不一。

人類行為，乍一看來，千變萬化，自然，用各種不同的標準來分類，的而且確，要大型電腦才能分得清楚。不過，極簡單的分類，都可以是分成兩種。

例如言行，就是能分為「言行一致」和「言行不一」這兩大類。

有的人，做什麼講什麼，自己的行為怎樣，言論也怎樣，絕無不同，少有掩飾。

有的人，做的事和講的話，完全不同，恰恰相反，言語之間和行為互相矛盾。

對於後一種人類行為，有一句相當粗俗的俚語來形容：「嘴巴上仁義道德，肚子裏男盜女娼」。

言行不一致的人，一般來說，都很善於掩飾，不很容易被人戳穿，但若要人不知，除非己莫為，總有拆穿西洋鏡的時候。

處世宗旨是：只要發現一個人一次言行不一，就再也不要相信他的話，一次言行不一，就可以有兩次、三次，直到無數次。

已經知道他言行不一了，再相信，太笨了！

騙人

騙人的比被騙的更值得同情

在很多情形之下，騙人的反倒可以原諒，被騙者方不值得同情。人際關係十分複雜，先聖哲賢的話未必可信，更未必可行，就拿「對人要老實忠誠」來說，照足來做，就不是很行得通。

拿最普通的人際交往，約會來說，約的一方自然希望可以約到被約的一方（這句話讀起來聱口之極，但十分正確），被約的一方明明有真正的拒絕理由，但不便直說，只好說：「哎呀，這天剛好忙，真抽不出時間來。」

於是，約的一方和被約的，皆大歡喜，真正的原因講出來，是怕會從此翻臉，成為世仇。而如果被騙的一方不肯就此罷休，再要追問忙的是什麼，或喋喋不休，死纏爛打，非要約到對方不可，在這種情形之下，騙人的不是比被騙的值得同情嗎？

不說真正的理由，無非是為了怕得罪人。這種情形，要分別對待，對太不識趣的，或是應順了他九十九次，一次拒絕仍要得罪的，不妨早些得罪。

早年有人求借三十元，拒絕，其人怒：「三十元都沒有？」答：「有，三百三千都有，不借可不可以？」

其怪遂絕。

三分

不可說十分

《兒女英雄傳》（這部方言小說在香港並不流行）中，有一節，寫安公子初遇十三妹，十三妹問他貴姓，他由於在出門的時候曾受過教導：逢人只說三分話，於是回答：「姓蓋。」（安字是寶蓋頭。）

逢人只說三分話的確是處世方法之一，三分或者可以變通一下，成為五分六分七分八分，甚至九分。但大可不必達到十分。

人際關係在運行時，多少有點保留，總比什麼都照直說好。人絕大多數都愛聽好話，再好的感情，若是句句話聽來都不順耳，那麼交情也自然而然消退，代之以討厭。誰會喜歡一個一開口，沒有一句話中聽的人呢？

所以，有時看到一些看來交情很好的人，在言語之間，總以傷害對方為樂，總不免搖頭，那絕不是友情之道，遲早會因為這種行為，而使友情褪色的。

人的感情，其實相當脆弱，看來感情很牢固，但有時因為一兩句話，可以破壞一二十年的感情。自然，每說一句話都要戰戰兢兢，做人未免太痛苦，可是「逢人只說三分話」的原則，卻應該遵守。

說了十分，結果等於零分，說來則甚？

笨問題

問人家「記得我嗎」，是一個笨問題。

社交場合之中，每見這樣的情形：甲、乙在寒暄，甲的神情，分明知道乙是什麼人，可是乙的神情，猶猶豫豫，尷尷尬尬，分明半生不熟，不知道甲究竟是什麼身分，什麼名字。

在這樣的情形下，甲最好立即自報姓名、職業，等等，以便喚起乙的記憶，免得尷尬場面持續下去，像我，遇到這個情形，必然大聲，清楚地說：「我叫倪匡，是寫小說的！」報了名，介紹了身分之後，對方若然再不知道，那就無計可施了。

在那樣的情形下，最糟的是問人家：「你記得我嗎？」這是一個極笨的笨問題。

乙當然是記不得甲了才有那種神情的，甲還要去明知故問。乙如果說「記得」，他其實根本不記得，乙如果直說「不記得了」豈不是令得場面更尷尬？

處世之道，不可說蠢話，行愚事，自己直報姓名是上策，假裝不知，含混過去是中策，問那種笨問題，自然是下策了。

有疑必問是好事，用在這種情形下，就成了笨事。

電話

最討厭和人煲電話粥

「煲電話粥」是香港話，十分傳神，指打電話談天說地，毫無目的，可以一小時兩小時持續下去的那種行為。

這種行為，討人厭處很多，其一，佔了線，有要事需要利用電話的人打不進來了。其二，強迫他人煲電話粥者，有權浪費自己的生命，無權強迫他人也陪着浪費生命。其三，既然有那麼多話要說，為什麼不見面說個痛快，而要通過電話，互相不見面來說？心態方面，大有可值得研究之處。

煲電話粥的諸色人等中，最可原諒的是少女——家中有女兒的，十歲之後，就應該給她有私人電話。最不可原諒的是成年男人。成年男人而耽於煲電話粥者，好打有限。

近來還流行手提無線電話，一日，街頭遇「大弟」（《季節》中的顏國樑），手執無線電話一具，不禁駭然失笑：「原來不但在《季節》中你行動必攜此物，連真實生活之中也如此！」

無線電話比較可愛，很少有人用它來講上一小時無謂話的。

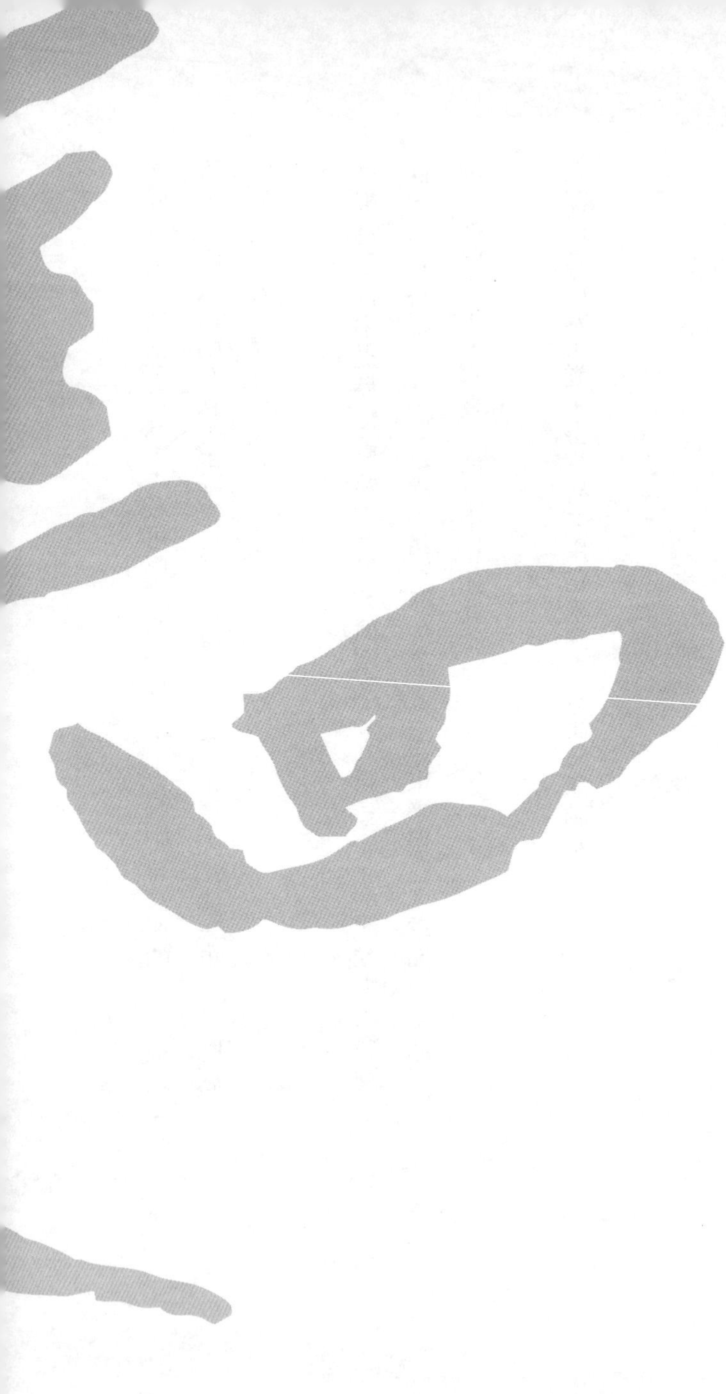

第四輯

自我

死結

沒有打得開的死結

寫過一篇小說，題目是《死結》——設想有一個死結，誰能打得開，就可以得到想要的一切。但是什麼叫死結呢？就是根本打不開的結。

要是一個結，可以打得開，就不叫死結。

所以，「打開死結」根本不成立。

很有趣的矛盾，死結是打不開的，任何企圖打開死結的努力都將白費。即使被死結縛住的是生命，也就只好眼睜睜地看着生命在死結的緊束之下逐漸萎謝消失，一點沒有別的辦法。

死結是怎麼形成的呢？有時，是外來力量打上去的，更多的時候，是自己打上去的。

任何人，如果面臨死結（求上帝，最好別有這種情形），都不妨想一想，是如何形成，如果有機會從頭來過，是不是會重蹈覆轍，仍然形成死結？

每一個人都有不同的性格，性格上會自己替自己的生命打上死結的人，總會一次又一次地替自己打上死結，即使有若干次，死結勒不死他，他也必然會死在死結上，無藥可救。

要是能救，世上哪裏還會有那麼多悲劇？

追日

早已料到是悲劇結局

不斷被人問：「你最喜歡的……」是什麼，諸如：「你自己的作品之中」、「音樂」、「電影」、「顏色」等等。有一天，被問到：「你最喜歡的中國神話是什麼？」

啊啊，當然是《夸父逐日》的故事。夸父為什麼要去追逐太陽，甚至目的不明，而且他也明知道不論他如何努力都無法達到目的，可是他還是開始了行動，而結果，他一定也早已料到的，倒地不起，懷恨死亡。

去做一件明知道不可能有結果的事，或是去做一件明知道結果一定是想到的事，而還是要盡自己的一切力量去做，總有原因的吧！這原因，或許不足為外人道，或許想說也說不出來（人類語言的詞彙太貧乏，有很多意願，不能用語言來表達），可是在做着這種事的人，心底深處，總是知道的，總知道那樣做，可以使自己在某方面有所滿足。

不然，就決不會如此做！

世上絕大多數人，都追求喜劇的結果，而到頭來，卻得到了悲劇結果，那還不如一開始就要求悲劇結果，到頭來，一定可以如願。

這或許就是夸父要追日的原因！

絕境

大人物小人物都會遇上

人類行為之中，有許多愚蠢之極——用盡心機，使自己進入絕境之中，是其中之一。

人類真有這種蠢行為的，歷史上，許多想征服全世界的大人物，便是一開始的時候，真心以為自己可以憑雄才偉略，陰謀詭計，達到這個目的，但到事情進行到了一半時，一定會知道，那不可能，不可能達到目的，再繼續下去；達至可以預見的絕境，一定會出現——十分諷刺，當覺察到這一點時，那已經不能後退的時候，只好一步步走向前，走向自己替自己佈下的陷阱，頭腦還十分清醒，明知走下去是絕路，也非走不可，這真是巨大的痛苦！

不但是大人物，小人物也在許多情形下替自己安排了絕境，也有的情形是到了一半，知道無論如何避不過去，無計無法過關的了，但還是只好一步一步向前走去，走到死路的盡頭。

到了盡頭，還有什麼絕路呢？

為自己安排了絕境陷阱的人，大多數還是聰明人，可是既然到了死路的盡頭，聰明和愚蠢，也就沒有什麼分別了，結果都是一樣的。

或許，聰明人會祈求上帝打救，笨人還會想自己掙扎。

自找

找快樂難，找煩惱卻隨時有大贈送。

望着一個悶悶不樂、看來像是全世界的憂患都集中在他身上的人好一會，在他長吁短嘆不絕如縷，歎得人以為世界末日將臨之際，對他說：「你的所有憂愁，全是你自己找來的！」

其人本來一直低着頭（所謂「垂頭喪氣」者也），聞言才抬起頭來，眼神迷惘，在上一次眨眼和下一次眨眼之間，仍然趁隙嘆了一聲，一副不明白的神情。

於是再對他說：「人生，想找快樂，十分艱難，不論如何努力，也不一定可以找得到。但是要去尋找煩惱，卻容易之極，若想找一分煩惱的，保證在尋找的過程之中，會有大贈送，至少可以找到三分，甚至可以找到五分、七分、十分！而人的許多憂愁煩惱，說起來沒有道理，實際上的而且確，是自己找來的！」

其人聽的時候，呆若木雞，聽了之後，如泥塑木雕，好一會才極緩慢地搖了搖頭：「不是，你講的是道理，可是實際生活，和大套道理，往往不一樣，煩憂豈有自找之理？當然是飛來的！道理誰不懂？化為實際，完全是另外一回事！」

對話的雙方，一方是我，一方也是我。

時間

時間不能消除痛苦

很常聽得人說，時間可以令痛苦逐漸消失。也有的說法是，隨着時間的消逝，痛苦就會逐漸變得痳木，既然痳木了，痛苦自然不再存在。

（痛苦到了痳木，就是痛苦不再存在嗎？當然不是，痛苦還照樣存在，只是變痳木了，而變痳木了的痛苦，比尋常的痛苦更痛苦。）

這種說法，只在一個前提下可以成立，那就是：本來的所謂痛苦，根本不是真正的痛苦！

本就不是真正的痛苦，自然隨着時間的過去，會逐漸淡出，在記憶系統中消失。

但是真正的痛苦，卻深入腦部的記憶系統的中心，永遠、永恆、頑固，堅決地盤踞在那裏，不斷發出信號，使你的心靈不斷受着斬割，心頭的血，在永不癒合的傷口中向外淌，使你的四肢百骸，都在被剉子剉，被鋸子鋸，叫你抬一抬手指就痛得冒汗，連出一聲都要把口唇咬出血來，而且，永遠永遠，除非你的腦部活動完全靜止，要不然，最後停止的一定仍是痛苦的記憶！

很少人有這樣的痛苦經驗，真是幸事！

憂鬱

真的可以殺人

常聽說，憂鬱可以殺人，真的，憂鬱是一柄無形的刀，雖然無形，可是鋒利無比，殺傷力極強，不被它刺中要害則已，被它刺中了要害，非但會死，而且，還死得十分淒慘，十分痛苦！

而在更多的情形之下，甚至是當事人，死了也還不知道是怎麼死的，沒有想到是死在憂鬱這柄無形的利刀之下，只知道恍恍惚惚，整個人不知道往哪兒去放，站也不是，坐也不是，踱步也不是，躺着也不是，想笑，笑不出來，想哭，也哭不出來，唉聲嘆氣，哪裏吐得盡心中的無限失落？有說醫學上有根據，酒是最好的抗憂鬱劑，可是一口口喝下去，揪緊心的感覺非但鬆不開，反倒攥得更緊。又聽說有一種藥，俗稱「快樂丸」的，可以對抗憂鬱，向醫生求了來，吞下去。

結果呢？醫生苦笑：憂鬱，是無法通過醫學方法來醫治的，它不是病毒，沒有細菌，只是產自人內心，發自人大腦的一種感覺。

這種感覺，旁人完全無法控制，只有自身才能解決。

所以，死於被憂鬱所殺的，也可以當作是自殺。

低落

可以是毀滅性的

情緒低落的時候，做什麼好呢？

這個問題，十分殘酷，因為答案是：不論想到什麼，都提不起興趣來，一切都變得無趣之極，什麼也不想做，只盼地球運轉就此停頓，所有活動都變成靜止。那種靜止就算是毀滅性的，也在所不惜。

這樣子的情緒低落，代表了什麼呢？是不是一種願死亡接近的意願！因為想地球停止運轉，絕無可能。而人作為一種生物，只要在生活着，也就絕無可能有完全的、真正的靜止。

真正的、絕對的靜止，對人來說，只有死亡，雖然在死亡之後，指甲細胞或頭髮細胞可以多活一陣子，但既然全然感覺不到也自然可以由得它了。

竟然厭倦到了這種程度！是的，就是因為厭，因為倦，所以才會這樣，極度的厭，極度的倦，繞屋徬徨，唉聲嘆氣，腦中一片渾噩，別說想想做什麼好，連想，也感到同樣的厭倦。

古代人在這種情形下會怎樣？西方人會怎樣？別人會怎樣？自然都根據各自的性格作出決定。

所以，只好一直低落下去。

「好」和「壞」

煩惱人人皆有

一個人在嘆息：「看着別人，怎麼都那麼好。自己並不比人差，甚至條件比人好許多，可是為什麼那麼差？」

嘆息的人不知道，和他在作同樣嘆息的人，不知多少，在被認為「好」的人之中，他正是其中之一。「好」、「壞」（這裏多數指心境、遭遇），不論和一個人相知多深，都無法代他作出判斷，唯有他自己，才最知道是好還是壞。

人人都以為「好」的，他自己可能以為極壞，當然，也有人人都說「好」，他自己也心滿意足的——那是一種非常的福分，決非普通人所能得，而更難得的福分是，人人看來他並不好，甚至壞，可是他自己卻自得其樂，十分滿足，以為自己好得很，這種福分，當然更是珍罕之極，除非天生有樂天知命的性格，或是學究天人，看化了世間的一切，達到了樂天知命的境界，不然，普通人連想都想不到這一點。

人人都有煩惱，看來「好」得很的人，煩惱可能比誰都多，名譽、地位、財富，樣樣俱全的人，夠「好」了吧，他也一定不敢說自己沒有煩惱。

沒有人敢！

心境

一切由誰來決定？

有時不知道為什麼，秋天，總和悲、傷、哀、愁連在一起。處於春夏之交，想來不是很容易明白，但一到了秋天，自然就會明白。

忽然用秋天來作題材寫悲寫哀寫傷寫愁，究竟是為了什麼，是實在沒題材了嗎？當然不，只是為了忽然在夏天，應該是生氣勃勃的時刻，也感到了蕭殺、徬徨和無依，所以才有了這種怪現象。

一切還是由心理來決定的，心境是春天，就算身在嚴冬，一樣覺得是春天。心境是秋天，就算是夏天，也就一樣可以悲愁。

秋天一定悲傷，也有歌頌秋高氣爽，那也是由於心境開朗之故，在開朗的心胸下，只覺得秋風的涼爽，不會覺得它的蕭殺。

任何人心境如何，理論上來說都由他自己來決定，但實際情形，往往還是如此，在很多情形下，取決於環境，「人在江湖，身不由己」，江湖是不快樂不開朗的江湖，在江湖中的人如何開朗快樂？

人很難自己完全作主，真可憐，人的情緒由心境決定，心境又由誰來決定呢？

心理

腦部活動決定一切

俗稱「心理作用」的，起作用的器官其實不是心，而是腦。腦主宰了人類的一切活動，一切感覺，所有活着的人，和外界的一切接觸，都由腦部的活動來決定。由於每一個人腦部活動的程式不相同，所以才有了人與人之間不同的愛情，不同的感受，同一件事，在兩個人之間，可以有截然不同的反應。

而就算是一個人，對同一件事，也可以有截然不同的感受，也一樣取決於腦部的活動。

很明顯的例子，若是相親相愛的兩個人，身體緊密的接觸，如緊緊相擁，那是一種至高無上的享受。但若是兩個互相極度憎厭的人，要他們緊密相擁，那對這兩個人來說，也就是最大的痛苦。

一樣的一條魚，恩愛的人來煎，甚至魚還未下鍋，就可以聞到撲鼻的香味，由不相干的人來煎，就平平淡淡，由憎厭的人來煎，可能就早已逃之杳杳了。

一切的好惡愛情，絕無標準，如果硬要說有標準的話，那就取決於腦部的活動，而腦部活動，由腦細胞的遺傳密碼所決定。

太複雜了嗎？一點也不，人人都自然而然在那樣做。

發愣

愈來愈覺得寂寞的可怕

兒童和少年人是不知道什麼叫寂寞的，所以也很少看到兒童和少年在發愣。到了青年時期，不論男女，生理上的成熟，帶來了心理上的許多牽掛和思念，也就自然而然，會開始感到寂寞。

但青年人有的是精神氣力，活力無窮，甚至於無緣無故迸跳幾下，大叫幾聲，也可以把寂寞驅除。何況青年人的寂寞都是表面上的，不會太深，要驅趕也不會太難。

等到過了青年時期，寂寞就開始漸漸深入骨髓，再也驅不走了，只好暗裏祈禱，祈求它不要發作，而一旦發作起來，除了坐在那裏發愣之外，一點辦法也沒有——有時雖然明知有辦法，但也根本不想採取行動，於是，一發愣，就可以老半天。

那種感覺，有點像胃痛（心口痛），一陣一陣的抽搐一陣一陣的緊，什麼時候會好，全然不知道，只盼它可以緩得一陣間。

明知是不會斷根的了，只有愈來愈發作頻繁，愈來愈可怕。

請告訴我，除了發愣之外，還有什麼法子可以驅除它？

煙花不寂寞

因為它來去太匆匆

亦舒有一篇小說，名叫《她比煙花寂寞》，小說很好看，書名也很別致華麗。想來想去不明白的是，煙花寂寞嗎？

煙花如果寂寞，在什麼時候寂寞呢？

當它被點燃，「轟」地一聲飛上天的時候，它全副心神正準備迸發光彩，哪有時間去感到寂寞？而當它爆散，並發出奪目的彩焰，灑下一天的光彩之時，它的一切生命，都在迎接觀賞者的喝彩，也不會有時間去寂寞，接下來，它一下子就消失了——結束了的生命，自然也不會寂寞，根本也不存在了，還寂寞什麼？

煙花不寂寞，因為它來去太匆匆，存在太短暫，而當它存在的時候，又一定最光輝燦爛，一刻等於一生，它沒有時間寂寞。

寂寞的生命，必然久長，而且沒有變化，想起來，百年巨木最寂寞，在一個不變的地方，生命持續一百年，兩百年，而且生命一定沒有新意，冬天落葉，春天又發芽，每一年的變化都是一樣的，年復一年，要重複好幾百年。

真的太寂寞了！

若然不幸身為百年老樹，所盼望的，是一次可以改變一切的雷殛。

預見

可以預見的將來，可怕之至。

很多人都想知道將來的事，所以許多人千方百計，想通過種種方法，去探索將來。

總有一種或各種方法，可以使人預知未來，算出以後的命運是怎樣的，但是並不相信現在許許多多以此為職業的人，真能掌握那些方法（他們自己是宣稱掌握了的），而且，一直感到，如果以後生命的歷程預先知道了，那不知還有什麼生命樂趣？人的日子，那時也就和看一張早已每一個字都看過了的舊報紙一樣！

若是預見會有歡樂，倒也罷了，高興的事，不怕一再重複，若是預知會發生的事，只是寂寞淒清，那真是可怕之極。

不是想像，真的，可以預見得到，不久以後，會有幾天的冷清，最要命的是，冷清和寂寥，又一定會發生在曾是歡樂和笑聲不絕的同一空間，真想盡一切可能避免發生，但又必然無可避免，一想起來，心就直向下沉，斗室徬徨，不知如何是好。

不要預知將來，到時，咬咬牙，可能熬過去了，但還未發生時，卻令人害怕得虛汗頻頻，六神無主。

太可怕了！

等待（一）

總希望有奇蹟出現

恐怕每個人在生活中都經歷過這樣的情形：正十分焦切地在等待什麼，或者是等一個電話，或者是等門鈴聲，等一個人來，等等。在等待之中，電話鈴響了，或是門鈴響了，以為等待結束了，可是，卻不是自己等待的目的，於是大失所望。

譬如說等電話，愈是焦急，愈是不相干的電話多到數不盡，使得本來已經焦切的心情，變得更焦切，而不相干的電話的製造者，並不知道這種情形，還在不斷地說着不相干話，在這種情形下，真恨不得可以通過電話線路，伸過手去，把對方的電話掣拔掉。

焦切的等待，有時會有結果，有時根本沒有結果——正由於這種情形，才更令人不安，因為根本不知道結果如何。可能得，可能失，最叫人心煩，若是知道一定得，當然不必煩，知道一定落空，也早有了心理準備，一樣可以心安理得。

未知的前途，不可測的結果，是十分折磨人，人總有點自欺的行為，有時，明明知道可能性極少，但總希望有奇蹟出現。

奇蹟真會出現嗎？等下去吧！

等待（二）

值得再等待下去的是……

諷刺電影《摩登時代》中，工人由於長期來做同一工作，重複同一行動，結果成了瘋子——這不但是電影中的情節，而且，十分有心理學上的根據，人所能忍受的重複極限相當低，神經再堅強的人，都可以用重複又重複的行動而令他發瘋。

一個人，一生算他八十年，除了睡眠的時間三分之一，其餘的不到兩萬天中，只有二分之一，或者三分之一的時間，是在做同樣的，毫無變化，不斷重複的事，而這個人，雖然變了瘋子，他們不應當受任何責怪，因為他所過的日子，超出了人所能負擔的極限——事實上，人不可能承擔那樣的重壓，沒有人可以。

看起來，人類是很堅強，但實際上，人十分脆弱，生活是快樂還是痛苦都決定於希望，何謂希望呢？就是對看不到的將來的憧憬，如今的環境再困苦，希望在明天，自然會咬咬牙熬過去，若是肯定明天不如今天，或者和今天一樣，後天、大後天……一直下去，都是如此，那就不會再有任何等待明天的興趣。值得再等待下去的是，沒有人，沒有力量，沒有方法可以預知明天是怎樣的。所以，繼續等吧！

可怕

很多事，沒有發生時以為可怕之極，發生了，也不過這樣。

常言道：「吃一塹，長一智」，又道：「不經一事，不長一智。」都是說，事情要經過了，這事情臨到身上的時候，是怎麼一個情形，才能真的體驗到，並且，可以在其中得出許多經驗來。

有很多事，在沒有發生的時候，想起來，若是一旦發生了，那簡直是催命符咒，世界末日，想想都會全身發抖，冷汗直淋。

不過，那只是想像中的情形，事情若是真發生了，在很多情形之下，都是不過如此而已，沒有什麼大不了，人生在世，沒有挺不過去的事，真正逼得人死路一條的事不是沒有，但是少之又少，你我他彩票既不會中，這種事遇到的機會，大抵也等於零。

所以，如果有些事，一定會發生的，不必在事先就惶惶不可終日，憂愁可以殺人，先神經衰弱起來，到時，事情不發生，固然冤枉，事情發生了，發現也不過爾爾，足可應付，自然也冤枉之至。

所謂「伸頭也是一刀，縮頭也是一刀」，反正是一刀，把頭伸出去，又如何？

因果

沒來由的恐慌

有時候，會毫無來由地，突然感到一陣極度的恐慌，不但心跳加劇，鼻尖冒汗，而且坐也不是，站也不是，就算大口喝酒，也難以消除那種整個人、整顆心都像飄浮在半空之中，不知何時會跌下無底深淵去的那種恐慌！

恐慌的是什麼呢，真的說不出來，或許是明知自己的處境已到了絕路可是又不願意承認，於是下意識陡然發動之時，就出現了那種恐慌，或許一點也沒有安全感，如同嬰兒一樣地發覺自己一無所能，所以才產生了那種可怕的恐慌！

在突然有了這種恐慌感時，真想把自己的身子緊縮起來，那樣好像會安全一點，但實際上，卻並沒有用處，飛快地來回踱步，甚至做劇烈運動，也一樣沒有用處。

其實，在那種時候，知道最好的方法，是緊抱住一個人，縮進那個人的懷中，如同嬰兒緊縮在母親的懷中一樣，那才能消除恐慌。

可是，上哪兒去找這樣的一個人呢？

那是因和果的關係——要是有這樣的一個人，或許，根本就不會有突如其來的可怕的恐慌了！

背叛

最叫人痛心疾首

任何人一生之中，都會有一次或多次痛心之極的經歷，若要選最叫人痛心的是什麼，首選應該是被背叛。

背叛是一種極下流卑賤的行為（好像所有生物之中，只有人類才有這種惡劣可怕之極的行為），背叛和叛變不同，叛變是明刀明槍，背叛是在暗地裏進行。當背叛行為已在進行時，被背叛者還不知道，還把背叛者當作是最親最愛的，最可信任的，還把所有的感情都放在背叛者的身上。

而背叛者在那時，也必然要假裝忠誠，裝作若無其事，一切都已佈置好了，佈置的是刀山油鑊，可是口裏還在甜言蜜語，行為上還是千依百順。

等到背叛者在暗中把一切全都安排好了，被背叛者還是什麼也不知道，直到背叛者露出了真面目，這才晴天霹靂，知道人間竟然會有那麼可怕的事。

到那時候，心痛的程度之深，再沒有什麼可以比擬，而且，恨的不單是背叛者，也更恨自己——為什麼那麼笨，為什麼那麼相信人，為什麼對這種人那麼好，為什麼一直把最可怕的人當最親信的人！

太可怕了！但願看到各位朋友都不會被背叛。

經驗

在人際關係中築建保護罩

曾提及過背叛和被背叛，說過被背叛是最令人痛心的事。所以，曾有被背叛經驗的人，吃一塹，長一智，被人背叛過一次，經驗會使人對人性失望，以後，就不會對別人太好。

對他人太好，一旦被背叛，痛心程度就深，不對人太好，被背叛了，當然一樣痛心，但是痛心的程度，當然會好一些。

或許，由於經驗太可怕，使人對人性的失望，到了極點，那麼，就會冷漠或再不會對任何人好，在人際關係中築建保護罩，徹底保護自己，受過刺痛的人，絕對有權這樣做，他人無權指摘，甚至也無權要求他取走保護罩，雖然一個人躲在保護罩中是一件很可怕的事——設想一下，要是一大群人，人人都在保護罩中活動，但是卻又是群體的社會生活，那是什麼樣的情景？簡直比任何恐怖電影更加恐怖。

不過想像和事實不相同，想像起來很恐怖的事，事實上並不一定恐怖，再想一想，四周圍在保護罩下的人又那麼多，或許閣下自己就在罩中！在罩中，總比較安全些。

真相

根本沒有真相

人類有許多古怪的天性，性好追求真相是其中之一。真相，其實是永遠追求不到的，人和人之間的溝通交流，絕無可能到百分之一百坦誠相對的程度。

（如果有人對另一個人表示一切都百分之百的坦誠，那只說明這個人在騙另一個人，不說明其他。）

正由於如此，事情不發生在自己身上，而發生在別人身上時，想追求事實的真相，就必然徒勞無功，等到自以為已經知道真相時，離真相可能還有十萬八千里。浮在海面上的冰山，露在海水之外，看得到的部分，只是十分之一，還有十分之九，在海水裏隱藏着。所以，最好是不去追求真相，沒有任何情形是非追求不發生在自己身上的事的真相的。不論男女，對於已和自己有親密關係的對方，特別有追求真相的興趣，那更是愚蠢行為，也不管追得出什麼結果來。

可是，男男女女，還是樂此不疲，多少煩惱，全是從自己的行為中產生。

真相永不會明白，不必追根索底。

喜歡的，置之不理，不喜歡，大可放棄。

哪有什麼真相！

驟寒

凡驟然的，都難以立刻適應。

一直燠暖，埋怨了好幾天，入冬了，怎麼還那麼熱，不但單衫，且要搧扇。然而，突然（一夜）之間，氣溫陡降超過攝氏二十度，幾乎難以相信的事實，清晨醒來，並無準備，撲進寒氣團中，冷得全身發抖，手指僵硬，這才知道，真的冷！

那種氣溫的冷，其實正常之極，全然在人體所能適應的範圍之內，但由於突如其來，所以才變得可怕，那屬於猝不及防的打擊，自然驚惶失措，無法適應。等到知道了是怎麼一回事之後，心理上和生理上，自然會起調節，覺得十分可以適應。

一切情形，全是一樣，猝然而來的，事先怎麼想也想不到，而且根本不會去想一想的打擊，如果猝然來到，受傷害的程度，會提高十倍、百倍甚至千倍。在打擊突然來臨時可以叫人痛不欲生的，過不多久，明白了那實在算不了是什麼時，很會懷疑當時所受的傷害，竟會如此之深，覺得不可理解，甚至埋怨自己笨。

當然不是笨，什麼也不是，只是打擊在絕料不到的情形之下驟然發生而已。

思想

怎樣才能什麼都不想？

怎麼樣才能人欠欠人，一了百了呢，怎麼樣才能有真正的休息，不必擔心這樣擔心那樣，安排這樣安排那樣呢？什麼情形下才能完全不要在行為和言語上遮瞞這樣欺騙那樣呢？怎樣才可以自己完全照自己的意思行動？

怎樣才能……

答案其實有的，很簡單，一下子就可以達到一切目的。但是別說寫出來，連想也不敢想。始終認為，有若干人做到了這一點的，那是十分勇敢，而且十分有智慧的人，才敢把人人都知的答案化為行動。而普通人，只有不斷受着痛苦的煎熬，不知到哪一個地步為止，又或者只是不斷提出怎樣才可以這種蠢問題。

人的生命有異於其他的生命，是在於人有思想。

（怎麼可以肯定一株草一棵樹沒有思想呢，但大家都說只有人有思想，也就只好跟着說。）

有思想的生命，自然比沒有思想的生命痛苦。有思想的生命會不斷去想，不斷去問，悲劇是，許許多多想法，都沒有結果，許許多多的問題，都沒有答案。

怎樣才可以什麼也不想呢？

寄生

可怕的生命形式

生命的形式有好多種，一種是獨立的，大多數生命都用這種形式生活，另一種共生，兩種或多種生命互相依靠着生活，一種少了另一種不行，另一種少了一種同樣不行。還有一種是寄生，仍是一種生命，必須依附另一種生命才能生存下去的生命形式。

那是一種極可怕的生命形式。

在這種生命形式之下，寄生的一種，必須依靠另一種生命，不然，寄生者的生命就要結束，這種對另一種生命造成侵犯的生命方式，甚至會令得附寄生的生命死亡，像籐纏死了樹，像人體內的許多寄生蟲，使人死亡，等等。

寄生者害死了附寄生者之後，有什麼好結果呢？所帶來的唯一結果，就是寄生者沒有了寄主，寄生者本身，也步向死亡。

那就雙倍地可怕，或者，是加三倍的可怕——寄生（可怕）——害死寄主（加倍可怕）——自己也死亡（三倍可怕）！

那麼可怕的生命方式，居然不斷存在，不斷發展，使得正常的生命一想起來就不寒而慄。

太可怕了！

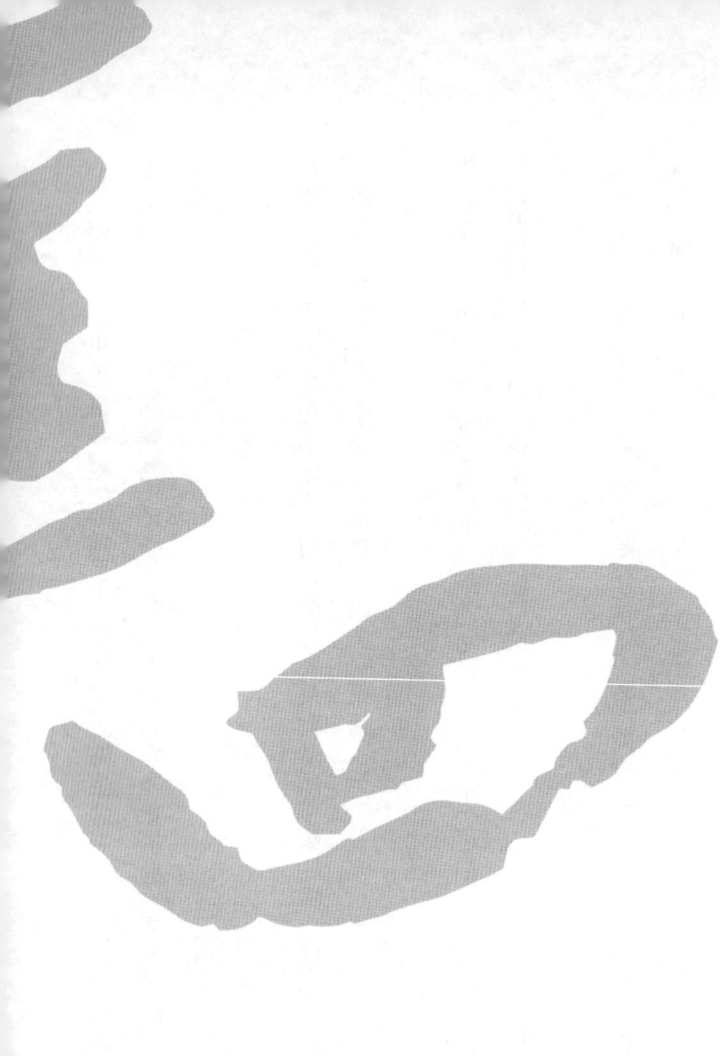

第五輯

胡思亂想

情緒

全由外來力量扯線操縱

每一個人都有自己特別的情緒，而情緒，自然每分鐘，甚至每秒鐘都在變，變得最多，變得最快，變得最無常，是一切現象中最善變的。

任何人，都可以在一秒之內，由高興變得悲傷，由興高采烈變得垂頭喪氣，由情緒的最高峰，跌進情緒的最深淵，究竟是什麼在主宰着人的情緒呢？真是深奧莫測。如果可以找出原因來，那就可以控制人的情緒，只有歡樂喜愛，沒有悲苦慘恨，那有多好！

人的情緒，甚至不能由自己控制，在絕大多數的情形下，一個再獨立自主的人，他的情緒，也直接受他周遭許多別的人，許多事，許多因素所影響，這許多影響的因素，像是許多細線，連結着人的腦部，在操縱着人的情緒，全然由不得人自己作主。

有什麼人可以控制到自己，聽到最愛的愛人說要另覓異性時而不情緒低落？如果真有這樣的人，那麼他已不是人，只是一塊木頭。

人，情緒起落，忽悲忽喜，忽然雀躍萬分，忽然失魂落魄，縱使受外來力量操縱，總比木頭好。

空蕩

古人說「心想」，很有道理。

現代科學已經證明，思想是腦部活動的結果，和心無關。但古人，一直認為思想是心部活動的結果。古人也很有道理，試過思念所愛的人不曾？雖然那是腦部活動，但是心口，常實實在在，有一種十分空蕩的感覺，那種感覺是實實在在的，像是心頭少了什麼，空得坐立不安，空得舌敝唇焦，空得轉側難眠，空得欲哭無淚，空得不惜一切代價，要把對方摟在懷中，空得可以作一切犧牲，只求能見對方，聽到對方的聲音。

一切那種痛苦的感覺，都從胸口產生，反倒是頭部，沒有那種實在的痛苦感。

這種現象相當奇妙，或許，有這種空蕩的感覺，也是腦部活動的結果，但依然是由心來承受這種感覺，古人說，心想，不是也很有道理嗎？

思念的滋味不好受，最好不要，人若是能硬起心腸來，不見就是不見了，散開就散開了，分手就分手了，不想不思不念不戀，那才真正快樂瀟灑若無其事我行我素！

誰能這樣拿得起放得下呢？

外表看來，若無其事，但心頭可能正在滴淚！

空心

空心人不是人

流行歌曲的歌詞之中，有一句：「我現在是個空心人」。「空心人」一詞，怕是首創，但極其傳神生動。人在感情上有所失落時，真會有整個人都變成了「空心」的感覺。這種感覺，十分奇妙，其實人還是這個人，不論如何分析，什麼也沒有少，可是，就是少了看不見摸不着的感情，整個人就空了！

看不見摸不着的感情，能使人變得空心，也能使人感到充實，那種充實的感覺有多麼甜蜜，一旦失落，空心的感覺，也就有多麼苦痛，完全成正比例。

人在空心的時候，只覺得身體之中，空空虛虛，飄飄晃晃，不論就多少東西下去，還是空無所有——人人都曾有過感情失落的經驗，自然也人人可知這種感覺是多麼難過，難過到一個人沒有地方可以擺，坐也不是，站也不是，躺也不是，走也不是，總之，一個人變成了空心人，怎麼還能算人呢？

空心人不能算人，算是什麼呢？也沒有一定的答案，說不是人，明明是，但只有人的外形，沒有人的實質。

空心人，只能是空心人，不是人。

忽然之間

空洞得什麼都不想

有沒有試過這種情形：忽然之間，說不出的困倦，說不出的空洞，說不出的無依，說不出的不愉快，什麼都不想做，根本不知道做什麼才好，一點勁都沒有，站着的，會不能再站下去，手裏正拿着一支筆的，筆會自手指掉下來。

那種情形突然發生了，怎麼辦呢？沒有辦法，只能讓身子慢慢地萎縮——真有萎縮的感覺，到最後，不管什麼環境，都會縮成一團，當然，連抬頭的勁也沒有了，所以這一垂下頭，有多低就垂多低，視線接觸到的是什麼，全然無所謂。

有一次，在這樣的情形下，視線所及的是一隻比尋常螞蟻大得多的黑蟻，正努力在拖一隻不知什麼昆蟲的一隻腳，那隻腳，比螞蟻大了十倍以上。螞蟻就努力拖着。

當時想到的是：做螞蟻真好，努力工作，工作超越了所能，超越了所能負擔的，牠都不會去想一想這樣做是為什麼，值不值得。

真怪，或許螞蟻和人一樣，有時也會想想的，那隻螞蟻就忽然放開了蟲腳，靜止了片刻，一動不動，和那時在牠身邊的一個人一樣。

一個夢

什麼是比最壞更壞

有一晚，竟然只能在街頭踯躅——毫無目的，只是慢慢地獨自在街上走，也不管街道是冷清還是熱鬧，也不管身邊的人來去匆匆，只是走着。做什麼呢？思緒一片混亂，什麼也不能想，只知道沒有地方可去，只能走，走，走，不要停下來，不能停下來。

為什麼不能停下來，也不知道，不斷地在街上走，每走上七八步，或十來步，就大口吁出一口氣，只知道這種情形，是最壞的處境了，要是停下來，只怕更糟，比最壞的情形更壞，那是一種什麼情形？只怕沒有人說得上來，那叫人害怕，所以還是繼續向前走，走。

不斷地走，會使人疲倦，真的疲倦了，腳步沉重，每一腳踏下去，踩到的，不像是結實的街道，而像是踩在一堆濕泥上，要用盡全身的氣力，才能把腳拔出來，然後再踏下去，再陷入稀泥之中。

簡直不是在走路了，街道也不見了，只是黑暗，無邊無際的黑暗，可還是得向前走，這，是不是比最壞還要壞的處境？

夢醒了！

也知道了什麼是比最壞更壞的處境。

江湖夜雨

習慣，便會痲木。

鋪好紙，拿起筆，挺了挺身子，準備下筆，忽然想起三毛說的一句話。有人問她，寫作是不是很寂寞？她的回答是：很寂寞的，晚上還好，有一盞燈作伴，白天，連燈都沒有！

也許正因為這個緣故，所以即使是白天，也垂下竹帘，着亮燈，又一定要有音樂，還要有一杯酒，且看黃庭堅的詩句：

桃李春風一杯酒，江湖夜雨十年燈。

大多數都把詩和酒聯在一起，但總不如那兩句，把燈和酒放在一起，更見飲者的寂寞，對月對海對詩，在境界上好像都不如獨對孤燈，來得朦朧蒼茫，顯得無可奈何，除了盡快喝酒之外，沒有什麼別的可做。

而孤燈，如果再加上江湖夜雨，那更叫人心向下沉，江湖已經夠不好走的了，何況更要加上夜雨，這不知是一種什麼樣的境地——妙的是，詩人寫出來了，看了令人感慨萬千，可是實際上，人又都在那樣的境地之中掙扎求存，反倒沒有人感到什麼。

或許，是習慣了！習慣會令人麻木的。

焦急

一分一秒，都在受煎熬。

人人都有焦急的時候，有過焦急的經驗。焦急，真是十分可怕的一種折磨，當人焦急的時候，往往都是最無助的時刻——急得要死，急得像是有鈍鋸在鋸神經，焦急得冷汗直流。可是偏偏一點辦法也沒有，只好在那裏乾着急，一分一秒，都受煎熬。

如果不是那麼無助，也就不會那麼焦急，因為至少可以採取一些行動，去改善一下情形，使焦急的情形，得到緩和。但正因無法可施，所以才會有焦急，這正是焦急最折磨人之處。

在無助的情形下焦急，人在這時候，最容易感到人的軟弱無力，也自然更希望有另外力量的幫助，於是，會祝告，會默禱，會追尋一切可以令自己不再焦急的方法，不管是不是有用。

焦急帶給人的痛苦，甚至勝過焦慮的事，終於成為了事實！

成了事實，只好接受，在未成事實之前，還有着希望，希望不會出現那種結果——在那樣的情形下，人最軟弱，最無法掌握自己，最容易受誘惑，是人在感情上不設防的時刻。

倔強

是美德還是惡德？

倔強是一種德格，不知道應該算是美德，還是惡德？

倔強，有人在「強」字下加一個「牛」字，牛的性格倔強時少，柔馴時多，可是一旦倔強起來，就不可收拾。

人也是一樣，或者，更多的情形是：女人是這樣。

平日千依百順，一口一個「噢」、「知道」的可愛小女人，看起來，感覺得到，實實在在，是柔順到了像奇蹟一樣的溫馴，像小鹿，像鴿子，使人感到女性最可愛的優點集中在一起。

這樣的女人不多見，但絕不是沒有，這樣的女人，真要小心——絕不能給她有一次倔強的機會！

要是這樣的女人一倔強起來，她會不顧一切，簡直沒有理性，她會閉着眼睛去亂闖，她會寧願頭破血流，她會做出一切人人看來愚蠢無比的事，她會把自己幸福快樂，親手撕成碎片。

為什麼？甚至不必為什麼！只不過因為她的倔強性格，平時甚是深藏不露，沒有人知道——可能連她自己都不知道的！

真怪

真怪，買了小說版權去的，改得面目全非，偷了橋段去的，偷得十足十，連改頭換臉的功夫都省了。

這句話，句子甚長，針對一個特殊現象而說，必須解釋一番。說的是一些電影、一些電視劇和一些小說之間的關係。

在正常的情形下，電影和電視劇，要採用小說中的情節，就會向小說作者購買版權，大多數人也這樣做，情形本來，十分正常。可是壞的是，小說一到了購買者的手中，百分之百，給改得面目全非，真不知道何必花這筆錢來買版權！

情形有時——很常見——不正常，那就是，採用了小說中的情節，但是卻不通知作者，當然也不買版權，偷了就算。那當然是盜竊行為，也很有些戲劇圈中人，樂此不疲。妙就妙在，偷情節的人，卻又大多數「忠於原著」，叫人一看就看得出，這情節來自什麼人的什麼小說，連改頭換面的功夫都懶得做，或許是根本沒有改頭換面的能力，若有，又何至於淪落盜竊？

所以，就有了這種怪現象，偷的，偷得十足十，買的，改得不認得。

天下怪事，莫此為甚！

讀書

還是很重要的

常說的一些話中，都很推崇讀書。常說：人要讀書，讀書可以使人有知識。

也常說：讀過書的乞丐，比沒有讀過書的乞丐好；讀過書的妓女，比沒有讀過書的妓女好！

（歷史上留下了芳名的一些妓女，全是有學問的，千千萬萬普通的妓女，根本沒有人知道。）

雖然說，知識不一定從書本來，但是有很多很多知識，硬是除讀書之外，別無他途，要獲得這些知識，除讀書之外，也別無他法。

人生活的圈子相當狹窄，就算天天不讀書，一點知識也沒有，照樣可以憑生活經驗，在一定圈子的範圍內，生活得很好。但如果一旦形勢有所改變，要擴大一下生活圈子，就會大有問題。最常見的情形，聽不懂別人講的話：因為人家講的話是從書本上來，不是從生活中來，也不是從電視中來。

想要讀書，從什麼書讀起呢？對一個幾乎沒有讀過書的成年人來說，這個問題，真是難答之極，各種神話童話小說寓言，都是一二十年，三四十年積累讀下來的，剎那之間，千萬本書，讀哪一本好？

還是，不管什麼書，拿起來就讀。

妖人

江山代有妖人出，各擅老襯數十年。

一日，與黃霑閒談，談到近十幾年來，風水運命之說，特別流行。江湖術士之多，多於天上之星，兩人不約而同，說出了這句話來。

由於原來有一個備受崇仰的「預言者」，施展大神通，預測一個胎兒的性別，曰：男。結果，女。

二分之一的機會，尚且出錯，何況是千變萬化的人生命運，於是，聲名大跌，不論如何挽救，幾乎到了無人問津的地步。

然而，很快，又有王者興，一個不起了，另一個或更多個預言家，又會冒出來，且必有許多宗他說什麼靈什麼的事例。

別誤會，本人絕對相信真有「預言」這回事，也相信真有「風水」這回事……如此類推。但絕不相信招搖者、宣傳者，等等，會是此中高手，真正此中玄學高手，怎會拋頭露面，去賺這種錢！

道理是很明白的，只惜，老襯多。所以，冒出來的妖人，都各能有活動範圍。

拍照

長久的懷念

攝影術是人類偉大發明之一，可以把一剎那間發生的事，保留在一個平面上，長久地保存下來。

一般來說，男性對拍照比較不耐煩，女性則大都十分熱中。每次，當要拍照時，總是十分厭煩，但若干時日之後，看着照片，就知道在拍的時候，不論多麻煩，還是大大值得。

在那一刻所發生的事，在一生之中，再也難以重複，就算地點一樣，人物一樣，但時間絕不一樣了，沒有可能再有相同的情景，唯一的，其寶貴可知。

而那麼寶貴的情形，時至今日，都可以通過輕而易舉的行動而得到，所要花費的金錢和精神，少之又少，這是人類科學對人類感情的一大貢獻，當重看舊照片的時候，可以有許多回憶，有時可能甜蜜，有時可能悲哀，有時可能惆悵，有時可能黯然，任何一張舊照片，不論時間的久暫，都可以令人有不同的感受。

真可惜，攝影術發明得太遲了，不然，多少歷史人物是什麼樣子的，也都可以留下來了。

能保留一剎那間的情景，供人作久長的回憶，真好！

春暖

花開

春暖，必然接續在冬寒之後。冬，在文學上，象徵靜寂和死亡——不是絕滅，生命是在死亡之中發生的，一粒種子死亡了，就產生許多新的種子，這是生命極奇妙的一種循環。

冬天代表（或象徵）了死亡，春天，自然象徵（或代表）了再生。所以，春暖和花開，也就有了不可分割的關係。一到春天，生機盎然，所有的生命（不單是植物），都有了新的轉機，由死到生，開始了一個新的循環。

極喜歡在春暖時分，注視着野地的變化，野單野花的芽，從土中冒出來，從看來已乾枯了的枝幹上長出來，幾乎每分鐘都不同，生命在一秒一秒滋長，長得那麼快，快得出人意表。一夜之間，可以看到不知名的小黃花開遍了野地，黃艷艷的花粉，灑落在地上。

一夜之間，也可以使光亮的土地披上重重深淺不同的綠色，然後，再是一夜，濃淡深淺不同的綠色之中，又會添上各種花朵不同的色彩。

春暖花開，是一年之中最佳的時節，那是生命，時間的新循環的開始。

倪匡經典散文精選集3　倪匡說三道四　心曲

作者：倪匡
書名題簽：蔡瀾
責任編輯：葉秋弦
協力：許雅茵
美術設計：簡雋盈
出版：明窗出版社
發行：明報出版社有限公司
香港柴灣嘉業街18號
明報工業中心A座15樓
電話：2595 3215
傳真：2898 2646
網址：http://books.mingpao.com/
電子郵箱：mpp@mingpao.com
版次：二〇二一年七月初版
ISBN：978-988-8688-05-0
承印：美雅印刷製本有限公司